向前——新锐军旅小说家丛书

朱向前◎主编

DAI FENG CHUI

待风吹

李骏

著

山西出版传媒集团 北岳文艺出版社

BEIYUE LITERATURE & ART PUBLISHING HOUSE

图书在版编目（CIP）数据

待风吹 / 李骏著． — 太原：北岳文艺出版社，2017.7
（向前——新锐军旅小说家丛书 / 朱向前主编）
ISBN 978-7-5378-5218-0

Ⅰ．①待… Ⅱ．①李… Ⅲ．①中篇小说－小说集－中国－当代
②短篇小说－小说集－中国－当代 Ⅳ．① I247.7

中国版本图书馆 CIP 数据核字 (2017) 第 118968 号

书名：待风吹	出 品 人：续小强	书籍设计：张永文
著者：李骏	责任编辑：李向丽	责任印制：巩 璠
	特约编辑：赵 雪	

出版发行：山西出版传媒集团·北岳文艺出版社
地址：山西省太原市并州南路 57 号　邮编：030012
电话：0351-5628696（发行部）　0351-5628688（总编办）
传真：0351-5628680
网址：http://www.bywy.com　E-mail：bywycbs@163.com
经销商：新华书店　印刷装订：山西人民印刷有限责任公司

开本：890mm×1230mm　1/32　字数：194 千字　印张：7.25
版次：2017 年 7 月第 1 版　印次：2017 年 7 月山西第 1 次印刷
书号：ISBN　978-7-5378-5218-0
定价：36.00 元

新松千尺待来日 初心一寸看从头

——《向前——新锐军旅小说家丛书》序

进入二十一世纪以来，以王凯、西元、王棵、裴指海、卢一萍、朱旻鸢、王甜、曾皓、曾剑、李骏、魏远峰等人为代表的"新生代"军旅作家浮出水面，从业余走向专业，从青涩走向成熟，渐次成为军旅文学的希望和未来。他们之中的佼佼者已经在当代文坛初露峥嵘（如部分作品获"茅盾文学奖""鲁迅文学奖"提名，更多作品被《新华文摘》《小说选刊》等国家核心期刊转载）。

"新生代"作家的迅速成长缓解了二十一世纪军旅文学出现的"孤岛现象"（此一说法为朱向前在二十一世纪之初所提出，意指进入二十一世纪以后，军旅文学渐趋边缘化，只有少数执着的坚韧者在"商海横流"中彰显出英雄本色，有如"孤岛"耸峙一般），他们的创作成果大多体现在中短篇小说领域，数量可观，并在质量上葆有较高的艺术水准。"新生代"作家的成长环境决定了他们再难复制前辈们深切的战争经历和磅礴的集体疼痛，因此，他们的创作呈现的是从个体的角度切入生活，是对宏大叙事的消解，显示出迥异于老一代军旅作家的叙事范式和美学风貌，这既显露出二十一世纪军旅文学与其承接的"新时期"军旅文学之间创作生态环境、文学观念的代际差异，也彰显了"新生代"作家在二十一世纪语境下试图构建独立美学追求的创新精神和自觉意识。

显而易见，"新生代"作家大都有着扎实的基层部队生活经验，他们从熟稔的军旅生活出发，写下了一系列带有个人成长经历、富有个性化叙事风格的小说，营构出属于自己的一方"营盘"。然而，当"新生代"作家所描摹和绘制的"军营现实"进入一种过于私语化的境地而无法寻求突破时，他们笔下的军旅生活的面目就显得稍嫌狭窄了。作家们显然也意识到了这个问题，近几年，在完成了最初的对军营生活的回顾之后，部分"新生代"作家主动突围，在更为广阔的军旅文学土壤之中寻觅新的创作资源，他们的新作显示出积极向爱国主义和英雄主义等军旅文学核心价值靠拢的特征，并生发出独特的思考。

之所以在建军九十周年之际，把这样一个年轻方阵（作者年龄上限四十五周岁）的十一部中短篇小说集推荐给大家，也在于此。正所谓：新松千尺待来日，初心一寸看从头。

为了让大家对这个"新生代方阵"有更好的了解，下面将不揣冒昧、不计利钝，对十一位作者的创作特点做简要勾勒（按姓氏笔画排序），挂一漏万，自当难免，还望作者和读者们海涵。

王棵：王棵曾经去南沙体验过守礁生活，这使他有能力抵达守礁士兵的精神深处，这种能力给他带来自信，在早期的创作生涯中，他有意识地运用这种能力，密集地向文坛递交过一批以礁岛、军舰、海洋为背景的中短篇小说。这段写作经历多少影响了王棵后来的创作理念，王棵后来可谓点多面广的创作实践中，许多小说都与早期充满腥咸海味的小说在内部建有秘密通道，这个通道是由孤岛这一意象构成的。孤岛的意象，来自于弥漫在这些小说中的孤独感。

王凯：王凯将日常化和个人化的风格带入对军人形象的摹写之中，把真性情和真本色倾注到这些人物身上，层层剥除和消除了曾经强加到军人身上的那些虚假矫饰的东西，既还原了真实的军人形象和军人人性，又保持了理想主义的底色，让真正的军人精神和品格的光辉焕发出来。从王凯小说中那些遭遇理想与现实矛盾、身陷情感与道德困境、面临追寻与放弃抉择的普通军人身上，可以看出作家对于军人职业与生命本质的深切思考。

王甜：王甜笔下涵盖历史战争中小人物的命运、现实军旅中的个体成长、军人的情感与婚姻、退伍军人对军旅生涯的反思等多个方面，并在整体上呈现出相近的特色：一是主题思想融入哲理色彩，例如对历史真相的追问、个体的自我救赎等；二是轻情节重状态，摆脱对情节的过度依赖，强调对人物生存状态的描摹；三是艺术表现上采用"轻魔幻"手法，以超现实的情节或细节凸显主题。

西元：西元堪称二十一世纪军旅文坛的重量级"拳击手"，出拳频、力道大而且每每能击中要害。他喜欢直面战争的"战壕"描绘，无论是现实题材还是战争历史题材，都竭力表达一种充满激情的精神力量。他注重将人放置在社会、历史语境中进行打量，力求通过内外结合的方式，辩证地写出人物灵魂的深邃以及存在本身的复杂。他的作品还注重哲思和诗性的融合，语言往往带有诗性色彩，跳跃，灵动，所涉及的问题却又带有鲜明的哲思意味。

李骏：李骏的小说，多以边疆生活、故乡革命、机关生活为主题，坚持对日常生活的书写，充满了温暖阳光、深情厚谊。他写边防官兵的生活，细致入微、幽默风趣，将边关将士的战天斗地、喜乐悲欢，通过简洁明快的手法，写得栩栩如生，生动感人；他写故乡的革命英雄，均以独特视角，通过英雄的传奇经历、情感人生、命运吊诡，展现出一派风生水起、大波大折的景象，却又将英雄还原于人，不避历史得失，不讳尊者之荣，读后令人久久深思与叹息；他写机关生活，观照现实，追踪变化，既味道纯正，又起伏跌宕，既现实又充满温情。

朱旻鸢： 相较于业已习见的军旅文学叙事，朱旻鸢的小说别具一种斑驳复杂、意绪苍茫的审美色彩。这部集子收录的五部作品都没有离开过"塞外"和"部队"，故事原型甚至都来自一个连队。这些中短篇小说以独特新颖的视角和幽默顽劣且活泼弹跳的个性化语言书写当下军人的生活，在滑稽变形中，是对现实基层的戏谑和调侃，使底层连队生活呈现为一种似真非真、似像不像的笑闹场景。青年人的活力与智慧，青春期的激动与狂想，无所顾忌地表达出来，为我们展现了部队生活的另一个截面。

卢一萍： 作家在西部边疆地区生活了二十余年，对生活有着敏锐的观察力，注重对人性的挖掘，善于捕捉底层人物身上的光亮，通过他的文字，可以引导读者对纷繁的现实生活有更真切的理解。其丰富的生活阅历为小说带来了独特的审美体验，他善于营造大气悲壮的氛围，衬托出微小生命的丰富多彩和昂扬向上的精神。小说主人公形象塑造立体丰满，细致勾勒了现代军人丰富的内心世界，在当代军旅小说创作中颇具特点。

曾皓： 曾皓发表于不同时间段的中短篇小说，在思想脉络上有着清晰的主线，都有着对现实的强烈关切和理性的批判，更重要的是有着对笔下人物生命状态的深切观照，抒写他们在时代缝隙中的尴尬、困惑和对终极理想的追求，敢于用小说去发现问题、思考问题并给予愿景。而他文字中表现出的"自由、轻盈、神秘"的审美特征，更让他的小说呈现出一种超越现实的灵动和向上飞升的状态。

曾剑：曾剑善用短句和比喻，所以他的中短篇军旅小说呈现出散文化的倾向，具有浓厚的抒情意味。他用舒缓的笔调，从容不迫地书写着普通士兵的故事，展现他们"怨而不怒"的情绪，情感质朴真实，让人感受到一种中国传统中特有的中和之美。曾剑的写作，也像他小说的叙事节奏一样，不急不缓、从容有度、踏踏实实，一边深情地回望故乡，一边走进军营、深入普通士兵的生活，用心感受，用笔书写，用春日般的人性美温暖着为生活奔波的人们。

裴指海：迄今为止，裴指海所创作的中短篇小说主要聚焦于两个题材领域——革命历史题材和现实题材。相对而言，革命历史题材小说是作者着力最深的一个领域。他创作了一系列革命历史题材的中短篇小说，充溢的旺盛的想象力与卓越的文本建构能力，尊重历史事实，表现了革命历史的纷纭复杂，力图以当代视野最大限度地还原革命历史的复杂性，发人深思。

魏远峰：魏远峰的军旅小说都放在三多塘，三多塘是他刚到新兵连的地方，他的三多塘是有气味、质感的——炮库中陈年水泥的味道，菜地施肥后的味道，小便池"童子尿"的味道。还有一尺多长老鼠的样子、凤凰树开花的样子、菜地边含羞草的样子。魏远峰的乡土小说，则总是在写黄河、黄河滩、武陟县，这是他的故土之地，也是他的血脉之源。这些，让人想起福克纳"邮票般大小的故土"及其虚构的杰佛生小镇。

说来也巧，以上十一位作者的单位或者曾经服役的部队，正好涵盖了海陆空三军和东西南北中各战区，以这么一套多姿多彩的小丛书，向中国人民解放军建军九十周年献礼，适得其所，恰逢其时。我想起二十年前——一九九七年，受邀为北岳文艺出版社主编了由陈怀国、石钟山等当年的新锐军旅作家担纲的长篇军旅小说"金戈"丛书，反响不俗。在此，我要对北岳文艺出版社具有的浓厚的军旅文学情结和持之以恒的品质致以深深的敬意。同时，感谢主编助理徐艺嘉为本丛书所付出的辛勤劳动。

最后，我要特别说明一下本丛书名"向前"——实非出自此"向前"而乃彼"向前"也——引自《中国人民解放军军歌》第一句："向前！向前！！向前……"

是为序。

朱向前
丁酉桃月谷旦改定于江右袁州听松楼

目　录

待风吹

那批领导干部的命令还没宣布，机关便传得沸沸扬扬。一年中每到研究干部的春冬季节，人们都像吃了敏感药，打了兴奋剂，嗅觉变得格外灵敏，头脑转得格外快捷。各种消息满天飞，好像人人都是干部部长。一位任免干事说："这也很正常，一个部门的政绩，有时就体现在培养和成长了多少干部上。战争年代如此，和平时期更甚。"

　　群众配班子，有时一配一个准。因此，陈副部长看上去好像心事重重。有人说，他将接任部长一职，这意味着跨入将军的行列；也有人说，他的仕途到站，即将面临退休。

　　对每个职业军人而言，从正师岗位退休，仅差一步到将军，这一步总是那样残酷，因此，每个干部退休的那一幕总是格外落寞。

　　其实，无论大家怎样说，他陈副部长还是原来的副部长，每天七点半，便迈着步子去办公室，在电梯里遇到年轻人，还要笑一笑，拍一拍他们的肩膀，关切地问一问过得怎样，谈对象没有，孩子学习怎么样，是不是又有好事了。有些胆大的，便当面恭贺他："陈部长，听说你要擢升了，恭喜啊。"

　　陈副部长笑："你要是上级领导或干部部长就好了。"

大家便同往日一样，在电梯里笑出声来。但刚出电梯，大家的笑却又戛然而止。部门正职高明华部长就站在电梯口，等着下楼呢。

　　大家便收了笑，换上严肃，齐叫一声"部长好"。还有人伸手拦住电梯门，好让高部长先进来。

　　高明华部长脸色永远严肃，点了个头，先进电梯里去了。大家这才鱼贯而出。电梯刚好合缝时，笑声便再一次在楼道里传出来。

　　一个年轻的助理对陈副部长说："真希望你早点接高部长的班，挂个金星。"

　　这话含着点什么意思，陈副部长只是打了个哈哈，拍了拍这位助理的肩，进自己的办公室去了。公务员已将办公室的门开着，桌子上的茶也泡得正当时，绿色的毛尖叶子朝下，正好喝。

　　高明华部长则不一样，下楼的脚步有些沉重，他听到了身后的笑声，早上平静的生活迅速被打破，仿佛有什么说不清的东西突然丢在了他的心头上一样。不过，他很快恢复了常态，内心自嘲了一下。对他来讲，早已习惯了这座灰色大楼里发生的一切：人来，人往，人走，人留，就像院子里四季轮回的植物：花开，花落，叶长，叶黄，都是寻常之事。有时，他从明亮的办公室向外望去，外面的世界永远喧嚣热闹。云卷云舒，车来车往，一秋又一秋，就像身边走过的战友，流水的士兵，一轮又一轮。看上去，这里似乎永远是波澜不惊，水波不扬。无论有人来时兴高采烈，有人走时痛哭流涕，但到了高部长这个年纪，世事已渐渐看得开了。什么副师正师、副军正军，最后都是军休所或干休所里一帮老头，有的散步有的打球，有的生气有的平淡，有的感恩有的骂娘。再或，他们便成了陆军总医院门诊楼里的一群百姓，脾气大的，依旧为排队插队吵架骂娘。

　　在公务员小刘的眼里，高部长与陈副部长性格迥异，从喝茶这个问题上就可以看得出来。陈副部长喜欢喝浓茶，越浓越好，一天要换几次茶叶。而高部长则不同，他更喜欢喝白开水，特别是刚烧开又凉了几分钟的那种。小刘刚调来时，还曾有点奇怪，那么好的茶，高部长随手就交给办公室处理，自己竟然把白开水喝得津津有味。

能进入这个军级机关的人都不是普通人。所以机关人都知道，高部长是从基层部队一步步成长起来的。从战士到将军，一步一个脚印，难呀。有人算过，和平年代，如果从当兵提干后算起，一直干到将军，必须一步不落地往上走，慢了一步半拍，结果不是被裁减了，就是最后超龄了，早就该向后转了。所以高明华部长时常觉得自己挺幸运。他在机关开会时，常这样教育大家："要好好想一想，自己当年那些战友，现在都在哪里干什么呢？有多少人还在基层，有多少人还没提拔，有多少人还在外地！你们比他们幸运多了，这不是因为你们才能有多大，而是运气比他们好。"大家这样一比，可不是吗？于是对升升降降、沉沉浮浮，也就慢慢地看得平和一些了。

高部长说这话时，也是对自己讲的。他平日有时也想想过去那些战友们，觉得造化弄人、命运无常，但最后就不想了，因为人到一定的地位，有些人便自动不让你想了。位置存在距离，地位有了差别，待遇隔了等级，再去攀亲，多少让人觉得有些那个。就像现在的同学会一样，干得好的无非是想让人知道特别是让当年的女友知道，自己干得很成功，起个广而告之的作用；而混得不好的，一是怕别人瞧不起不愿去高攀，二是正好连份子钱都免了，不用再去凑那个热闹。人生，最后不就是图个平静吗？怎么折腾都是过。

高部长有时也这样想。特别是临近人生的最后一站，想得也就更多了。当年一起参战的那几个战友，还偶尔会冷不丁地从记忆里蹦出来。多么难忘的岁月啊！那才是真正的生死与共呢。当年战斗打响时，大家互相掩护，互相帮助，生死相依，甘苦与共。等下了战场，那些战友有的已经永远回不来了，就地埋在他乡，有的甚至连尸体也没有找到。那时，高明华站在那些冰冷的坟茔前，眼睛都哭瞎了，泪水都哭干了。等部队撤回时，他进了城，当了干部，一转眼三十多年过去了，自己从一个普通的士兵干到了副军职，成为共和国新生代里的一名少将，有时想想，可不就像一场梦吗？

　　对世界而言，他们仅是一名战士

　　对母亲而言，他们却是整个世界

　　有一次，高部长坐在宽大的办公室，无意中看到这样两句诗，眼泪竟然不由自主地掉下来。

　　年纪大了，睡觉的目的有时好像就是为了做梦。有时的梦境，还能真实地还原当年的情景。比如，那场战争前，高明华原来在农村的对象，突然写来了绝交信，说两人性格不合，要散了。扛着枪走向前线的他，知道对方无非是怕自己死了，当时他的心情落到了冰点。在临行前夜，他们大碗喝了酒后，一个个将碗扔在地上摔碎，大家豪情奔涌，誓言杀敌，情绪激昂。只有高明华的泪悄悄掉了下来。排长问他是不是怕死？他说是想死。排长不明白他的意思，批评他的话不吉利。他其实真的想死，战士上阵前接到这样的信，的确令人失望。但他还是果断地写了回信，感谢对方想得周全，一边写一边有泪在眼窝子中打转。后来，上了战场，他再也没有哭过。空中的子弹嗖嗖作响，溅在石头上四处都是火花。俗话说，"新兵怕炮，老兵怕枪"，但他们一个个都勇往直前。最后，排长为了掩护他，在炮火冲天中突然伏在他的身上，当硝烟散尽，排长被炸成碎片，而高明华负伤，却还立了个三等功……

　　命运真是无情而又无常呀。战后，他去了排长的家。排长的家在农村，只有母亲和一个妹妹。走进屋子时，那是怎样的家徒四壁呀！他在战场上都没哭，看到排长家白发苍苍的老人和瘦弱纤细的妹妹却哭了，哭得死去活来的。从那以后，他便主动承担了老人和妹妹的一切，直到为老人养老送终。老人的眼睛最后也哭瞎了，但从未当着他的面哭过。

再后，他一直瞒着大家，始终资助着老兵的妹妹，直到她考上大学，大学毕业后找了工作嫁了人，还管着人家的孩子呢。老兵的妹妹从此就把他当作亲哥了，每年都要到他老家去看亲人。这让他那个农村的对象肠子都悔青了。当他从战场上回来，后来又提了干时，农村对象又写信提出要恢复关系。他当时还未回去，便回信说："算了吧。我的腿被打断了，组织上为了安慰我，才提干，你愿意跟着一个瘸子吗？"他本来是想试探对方的，看她是不是真心的爱他。结果，对方又不来信了。其实他的腿是负了伤，但并无大碍。从心底里说，他当时还是喜欢那个农村对象的，只不过，那封薄薄的信，好像一座大山在心里横隔着。前几年，那个对象还突然跑到城里来找了他，听说他在外当了这么大的官，想请他帮自己的儿子找工作。哨兵领着她进来时，他当时吃了一惊，竟然没有认出来。本来，对他来说，当了官之后，特别是当了大官之后，"拒绝"这个词，已成为每天生活中必须面对的一件大事。每天，打电话的、写条子的、送礼的、请吃的、求情的，各种各样的人，找了各种各样的关系，为达到各种各样的目的，不停地缠着他，绕着他。他不得不拒绝，他不能不拒绝。但面对这个嫁给了一个小县城工人同时又失去了工作的看上去沧桑无比的妇人，他竟然满口答应了。连办公室的主任都觉得奇怪，因为办公室主任那天看到，他一下午在不停地打电话，求人，找人，说好话。办公室主任觉得他有些不可思议，心想来找他的是一个什么样的呢？有这么大的魅力与权威？很快，办公室主任便理解了，因为有天一个年轻人来到办公室，说找高明华部长。办公室主任问什么事。年轻人说，他管高部长叫叔，要感谢他的帮助。孩子很年轻，看上去很清秀，普通话说得也比高部长流利。办公室主任对高部长汇报后，高部长说："就说我不在，你让他好好干。"办公室主任就这样讲了，那年轻人听了似乎很失望，仍在办公室等了一会儿，最后嘟哝着离开了。走时，年轻人带了几双鞋垫，说是自己母亲亲手绣的。办公室主任转给高部长时，高部长端详了一会儿，那是多么熟悉的图案与颜色啊。当初未上战场时，他鞋里垫着的便是同样的鞋垫。但他对办公室主任说："你们穿吧，我现在不需要。"办公室分到的人都夸赞那鞋垫手工做得精巧，但高部长当时只是一笑，掩上门出去了。

岁月就像一条河流，无论人间如何悲欢离合，它永远不紧不慢地流着。送走一些什么，又带来一些什么。终于，高部长到了快退休的年龄，不知不觉便靠近了五十八岁。在这个节骨眼上，再提一下，当个单位的一号，还可以干到六十，如果不提，意味着职业生涯到了尽头。之前，也有战友在聚会时对他说，再努力努力，凭你的能力和影响，再进一步，干个正军没问题。他一笑，将酒一饮而尽，却始终不发一言。于是，机关便传出他胸有成竹，还会继续上。所以，一些人对他的态度突然又好了一些，谁都知道这意味着什么。当然，也有另外一些人，对他露出的笑，又淡然了一些。机关就是这样，每个人心里都有底，这个底由谁兜着，旁人谁也不知道。在机关，不到最后，谁也不知谁是谁的谁。可能经历过战争的考验，高明华部长对此看得很淡然，升升降降，看得多了，世态炎凉，见怪也不怪了。

令他奇怪的倒是自己的副职陈副部长，对自己总是那样的热情。见了面，一定要握个手，道一声好。一个班子里的人，天天见面，还握个什么手？但不握，又怕别人有想法，所以高部长总是"被握"。

平心而论，他内心有时也质疑过这种热情。一个人，要有怎样的毅力，才能永远做到对每个人都像一团火，能永远露出如此灿烂如花的笑脸呢？陈副部长做到了。与自己的大波大折、大起大落和大刀阔斧的工作方式不同，陈副部长对每个人都是和风细雨、满面春风。在一起工作了三四年，你永远看不到他有什么个人哀愁，有什么兴趣爱好，有什么越位表现。四年前，陈副部长从大机关下来给他当副职时，把高部长推荐的一个干部给压住了。他当时是有些不快的。但军人嘛，位置空出了，无论谁来，都得服从命令，不能有半点含糊。结果他推荐的那名干部，由于陈副部长这一压，便在副师位置上卡壳休息了。这让高明华部长觉得有些遗憾，多么能干的一个将才苗子啊！

高部长很快发现，这个陈副部长，不愧是从大机关下来的，干什么都有板有眼，有条有理，有规有矩，忠实地履行着副职的职责，做事不显山不露水，不抢风头，不越名利，让人挑不出任何刺来。在民主生活会上，如果让高部长提意见，他可能给其他成员提一堆的意见，但他真的对陈副部长没有意见。因为从履职尽责上讲，高部长根本找不出陈副部长的任何缺点。平时，陈副部长做事，虽说没有新意，但执行任何任务，绝对到位；陈副部长做人，由于从来没架子，还颇能得到机关年轻人的欢迎。高部长也知道机关有些小聚会，大家轮流请客，都会叫上陈副部长，而自己却经常不在邀请之列。偶尔，高部长闲时，面对桌上的白开水，斜眼看到对门的陈副部长与下属们一起热热闹闹的，难免也飘过一丝失落。但很快，他就释然了。清者自清，浊者自浊，谁能要求别人都与自己一个样做人？

所以，高部长下楼时，听到身后传来的笑声，也见怪不怪了。

刚才匆匆下楼，是本单位的一号首长打电话召见他，想听听他关于接班人的意见。虽然，高部长心里偶尔也对陈副部长有点看法，觉得他身上的江湖气重，但军队就是一个重情重义的武装机构，带兵要求讲感情，战场上大家才能卖命，你能说有情有义就不好吗？这就像许多领导一样，都喜欢提拔自己身边熟悉的人，下面的人只会骂他们任人唯亲。高部长曾在大会上说："其实提拔熟悉的人，如果排除了单纯的利益和个人关系小圈子，也没有什么不好的。"他话音刚落，看到下面一双双惊愕的眼睛，便解释说："只有熟悉的人，才了解对方的优劣和特点，能将对方放在合适的岗位上，更好地执行任务。提升一个陌生的人，一来不了解情况，二来在执行力上打折扣，难免会导致许多本该推行的事，最后不了了之，或是效果不好。所谓用人唯亲，不过是用人唯熟唯能而已。"下面的人听了，掌声开始自发而热烈地响起来。

高部长想，现在呀，说假话表态的话经常是一堆堆的，让人见怪不怪，而说真话反倒没人相信了。这是什么事呀。他一边想着，一边举手去敲一号首长的门。首长的秘书早在一边候着，他弯着腰给高部长拉开门，便出去了。一号首长从宽大的座椅后站起来，伸出手说："坐。"这个一号向来喜怒不形之于色，但说话总是带着一种威严，令人觉得深不可测。高部长却从来不惧，他坦然地坐下了。都是一个单位的常委嘛，平时在一起惯了，私下也就不拘束了。一号开门见山："年龄到了，有何想法？"高部长说："坚决服从组织。"一号点点头，说："上面征求了意见，我们也推荐了你，但到了这个级别，都是上级考察和配备班子，要综合考虑。党管干部，我们谁都有退下的那一天嘛。"高部长说："感谢首长，我清楚，没有任何想法。"一号打开一瓶矿泉水，递了过去。高部长接了，喝了一口，清冽爽口。一号又点了一支烟，问："你对继任者有何看法？是本单位产生好，还是交流的好？"一号这话说得含蓄，所谓本单位产生，就是陈副部长接任，如果高部长对陈副部长有意见，当然会认为是交流好。但高部长不假思索地回答说："这是组织上定的事。我只谈谈个人意见，仅供参考。"一号点了点头说："我相信你"。高部长便接着说："我认为吧，陈副部长年富力强，顾大局，讲团结，学识比较丰富，为人比较规矩，原则性也有，业务上从未出过差错，就是创新精神弱了些，过于保守。如果负责部门的全面工作，还是可以胜任的。"一号说："那我明白了。"

首长们谈话，都是点到为止，不再多谈一句。于是，他们接着又谈了一些别的，回忆了一起共事的日子。一号说："我当初来时，也是外来户，大家有看法，不也慢慢适应了嘛，适应总会有个过程。"高部长笑了。两个人一瓶水对着一根烟，说了半天。

一号说："放开官不官的不说，我还是高看你一眼的。比如，那次资助烈士家属扫墓的事，让我印象深刻。"

提起这事，高部长的鼻子陡然一酸。有天，一个助理拿着一张小报对他说："部长，你看看，这个母亲多可怜。"他当时还不太在意，等下了班，他看到一个母亲跪在烈士陵园的墓前，点了烟，洒了酒，苍老的手抚摸着墓碑对天长哭。文章介绍说，战争过后，许多人牺牲在前线，但他们的亲人，特别是那些来自农村的烈士家属，甚至没有钱去看看自己的儿子。而当这个母亲终于在凑足了路费，来到麻栗坡时，哭得晕过去……那个围着头巾对天长嚎的母亲，一下子牵扯出了高明华的泪水。他伏在办公室，把门关上，听任泪水哗哗流下而不出声。从此，他便联络当年那些烈士的家属，要钱给钱，要物给物，联系他们扫墓，给他们解决一些实际困难。这事还被人告到总部，反映他经济有问题。后来总部来查，发现钱都是从他工资里出的……

高部长对一号说："感谢你的理解和帮助。"

原来，工作组走后，高部长联络了一些人大代表，先后提出了"让烈士回家"和"给烈士扫墓"活动，在全国引起了很大反响。一号调来后给予了很大支持，还设立了一个专项经费。

一号说："老高，人呀，我们今天之所以能坐在这里，就是因为他们付出的代价。所以，对待个人问题，我也就不多说了。"

高部长点点头说："首长，这个道理我是懂的。我的态度是，提了不客气，不提不生气。"话音刚落，他们大笑起来。

这时秘书又敲门进来了，他看了看高部长，高明华知趣地站起来。作为一个军级机关，一号每天都忙得不可开交，要见的人排成长队，要批的文件堆成小山。于是，高部长与一号握了个手，又敬了个礼，便回自己办公室了。

从陈副部长门口过时，高部长瞄了一眼，发现陈副部长正在看书。

猛然，高部长心里有些期待陈副部长来对自己说些什么。因为，陈副部长也知道是一号首长在找他。以高部长的性格，首长不找，他是绝对不到的。曾经，高部长手下有一个处长调走时，向他请教如何与主官相处。他送了那位处长十六字：不叫不到，不问不说，问啥说啥，说完就走。那位处长击掌叫绝，后来还称之为至理名言。他自己也是这样做的，可现在却希望陈副部长能够主动一些。但陈副部长看上去心无旁骛，轻描淡写，没有任何动静。高部长不禁想，陈副部长到底是机关下来的，还真沉得住气。他于是对公务员说："请陈副部长到我办公室来一趟。"虽然办公室隔着办公室，但主官一般都不会亲自去请副职或下属的。

很快，陈副部长便进来了，他敬了个礼，腰板站得笔直说："部长您找我？请指示"。高部长这才想起，从自己第一次见到陈副部长来时起，他的腰板好像一直站得笔直。而且，除了开会，陈副部长几乎从未在自己的办公室坐过。高部长便站起身来说："请坐。"陈副部长这才坐了。高部长说："外面说我快退了，这是真的。好久未谈谈心，你有什么想法没有？"陈副部长说："高部长水平高，能力强，威信广，影响大，是我们学习的榜样。估计应该会再高升一级吧，组织上也不一定让你退呢。"高部长说："年龄是个宝，到了就成草。终究到了，还是要下来的嘛。副军正军，组织对我够好了，都一样。"陈副部长说："也有人说你不是高升，就会延长，再干一年。"高部长一惊：他在试探我？但面上不露声色，哈哈一笑说："我们都是党的高级干部，应该首先遵守规矩才对。如果大家都延长，把风气搞坏了，下面的人怎么进？一挤一大堆，大家会暗地里骂娘。我坚决响应号召，不进则退，你放心。"陈副部长脸红了一下，迅速恢复了常态说："我不是这个意思，我还真希望您能延长呢。您要是延长了，我们还可以多享点福。不是说，当官要当副吗？我在你手下，干得挺舒服的。"

高部长见陈副部长就是不表明自己的态度，嘴里也掏不出什么来，似乎有些失望。他们便又聊了一些别的事，如部里其他人的情况，单位未来发展建设如何搞等。陈副部长只是听着，不表态。高部长顿时觉得无趣，便说："今天聊到这儿，改天再说。"陈副部长便替高部长续了一杯白开水，就退出来了。

　　回到自己办公室，陈副部长关上门，又换了一次茶水，他站在窗前，望着楼下的车水马龙出神。当年，自己来机关时，高部长似乎并不欢迎的情形言犹在耳。那天，他来报到，高部长在会议室向大家介绍他时说："下面，我们欢迎组织上为我们配备的新副部长。"这句话话音刚落，当时就像响鼓一样，让陈副部长永远记住了。"组织上为我们配备的"——要说这半句话也没什么错，谁不是组织上配备的？但这句话明显是有抵触情绪的。何况，高部长还把一个"副"字拉得那么长，更让人有了猜测的意味。当时，陈副部长的脸便刹那间红了并发烧了。大家在下面叽叽喳喳起来。从此，陈副部长对高部长的心门便也关闭了。他给自己定下原则：做任何事，只要不出错，就是最好的；哪怕有新的想法，也以高部长定下的为准则。比如有次演习，如果按照导演部的方案，可能出现其他意想不到的失误，但他觉得这是组织上在考验自己的忠诚，还是不折不扣地遵循了。结果，人车都未出事，只是被"蓝军"差点拿了后勤指挥部。幸亏当时的参谋长在高部长到上级机关开会的时刻，果断改变了方案，才使后勤部没有丢脸。这件事，陈副部长回来也反省了好一阵：明明自己发现了，却没有去纠正，往大里说，是对部队不负责任；往小里说，没有担当精神。但他又想，从另一个方面来讲，却也证实了自己对上级的忠诚。

　　高部长虽然在演习的总结大会上批评了参谋长自作主张，但人们都能听得出来，那实际上是在表扬参谋长临机应变呢。陈副部长坐下主席台下，又不自觉地红了一阵脸。从那以后，他做任何事，更加谨小慎微，小心翼翼，从不越雷池半步。机关人都这样，表面上嘻嘻哈哈，藏着掖着是常有的事，有棱有角的人，也渐渐被岁月磨平了。

十二月的风，在窗外开始慢慢将声音拉高起来。好像一些人，到一个单位久了，慢慢扎稳了根，觉得艺高人胆大，说话声调开始提高了，做事也开始高调一样。高明华部长却不这样，有多少人从身边如过江之鲫走过，如草木一秋迈过，一冬之后，军营里便减少了一些老面孔，又增加了一些新笑容。有什么需要高调的呢？从这一点上，他倒对自己的副手陈副部长挺欣赏的。至少他还不像其他那些从总部下来的人，看上去牛轰轰的，从不知天高地厚，以为自己在机关与首长们熟悉，便高高在上，做事说话带音腔，拿着调。高部长内心叹息了一声：人哪！

他在办公室坐了一阵，签完所有文件，突然决定到基层去看看。走在自己设计和施工的院落里，看到处处都有了新模样，高明华部长心里慢慢地温暖起来。仿佛那些树，那些石头，就像那些年轻的战士和干部一样，让自己渐渐变得充盈。但大风吹过机关幽深的楼道，让整个机关还是显得有些空落。按照习惯，平时那些年轻的战士干部，只要看到将军驾到，一个个都会自觉不自觉地躲起来，生怕自己哪方面做得不好。还有一些有些想法或者是有点个性的想结识他的干部，本来想与他搭讪来着，却又怕别人看到了会引起猜测和说笑，所以也不敢随便接近。高明华部长心里清楚得很。就是那些常在身边的同志，与他熟了，也未必次次都报告真实情况，说些掏心窝子的话，因为人与人，说不清呀。高部长突然感到，与自己当初到这里来报到时相比，时代真的在变了。当初报到时，他说话很响，科长教育他："机关不能高声说话！"他问为什么，科长说："机关首长多，就没有高声说过话的。"他曾在下班后唱歌，科长又教育他："机关是不能唱歌的。"他又问为什么，科长理都不理他。他从此没有在机关高声说过话，大声唱过歌。不过，他倒总是想机关会出现这样的人，可从团职干到副军职，这样的人却未现出一个。想起此事，高明华就不自觉地摇摇头。这一摇头，他突然又仰起脖子，对着天空猛地闭上眼睛。等睁开时，他无意中发现，自己的副手陈副部长却正在那扇窗后看他，不管此举是有意还是无意，都让他打了一个寒战……

高部长还未细思量，一个战士猛地从操场那边蹿了出来。原来，他在球场打球，由于投篮过重，球打了几个滚，借着风势，竟然滚到机关楼这边。这个操场，平时只有勤务连和机关才用。机关那些人，天天有加不完的班，写不完的材料，自然没有锻炼的时间，更没有打球的心境。高部长过去也喜欢打球，不过不是篮球，而是乒乓球，结果听说机关有一半人都去学打乒乓球了。这样一来，每逢他到俱乐部打乒乓球，就有不少人等着陪练。说白了，他们的目的不是为了打球，更不是为了锻炼身体，而是为了接近他。不仅如此，这些人打球时，还故意输球，明显是在让着他。这让他第一次觉得打乒乓球没有意思。心想，如果身边的都是这样一帮人，部队还怎么能打胜仗呢？所以他后来去俱乐部的次数便渐渐少了，最后就干脆不去了。当然，他也偶尔去看看战士们的篮球赛。战士们比干部单纯，明显很欢迎他，但却把仪式搞得繁琐。只要他来，无论是打得怎样火热，带队的总要突然吹哨子，高喊："全体有了，立正！"大家不明白怎么回事，就立正了。接着有人便跑步过来，向他敬礼报告，把一场球的气氛搞没了。

在高部长的记忆中，还有一次令他特别恼怒。那天，他刚到操场边准备看球，没想一个刚从军校毕业分来的排长，发现他后，便又高喊大家立正，跑上前，向他敬礼，然后报告："部长同志，勤务连全体同志正在玩球，请指示！"高部长当了那么多年的兵，也觉得这报告词好像哪里有点问题，但事发突然，没容多想，他只得还礼说："继续玩球！"那个黑胖黑胖的排长答："是！"接着排长转过身，军姿倒是利落，回过头去对大家高喊："继续玩球！"由于排长喊话时声音中气很足，操场上打球的和不打球的都听到了，结果不知是谁突然意识到这话好玩，便哈哈大笑起来。这一笑不打紧，大家这才都悟到这句话有点问题，先是一个，接着是另一个，再接着三三两两，都忽然捂住嘴大笑起来。这一笑，弄得整个操场像滚雪球似的，全都笑开了。那些打球的小伙子，一个个也蹲下腰，笑得直不起身来。这场球，自然也玩不成了。高部长站在那里，走也不是，不走也不是，只得随大家一起笑起来。实际上，他心里恼火得很。第二天，全机关的人都知道这事，有个领导还与他开玩笑："老高，继续玩球，笑倒一片啊。"他也笑："这是挖坑让我钻呢。"他也因此记住那个黑胖黑胖的排长了。那个黑排长，后来也知道自己惹祸了，自然见了他就躲。机关的人当时都在想，这下黑排长倒霉了，以后提升肯定会受挫了。没想到，在一次选拔干部时，高部长说："那个坑我的黑排长，也满三年了吧？"干部处长一听，以为高部长是想让黑排长转业呢。正愣着让大脑高速旋转，没想到高部长说："这样实诚的人，应该到后勤处工作嘛。"就这样，那个黑排长最后还因祸得福，不仅提升了，还到机关来了。于此一来，再也没有人开"继续玩球"的玩笑了。不过，人们遇到比赛，几乎不敢再邀请高部长观赛，都怕再引出点什么。除了少数几个一直跟他干上来的处长，没有人知道，其实高部长也是篮球高手呢。当年战争结束，他们在南方一个疗养院疗伤，伤好一点后，实在没事干，营区又不让外出，他便和几个伤友天天打球。三分投篮，那他也是一对一的高手。只是，经黑排长这一闹，他再也没有机会出手了。

高部长一边走一边想，突然发现眼前闪出一个篮球，便顺脚一带，球便转在手上了。捡球的战士跑得很快，差点与高部长撞个满怀。一见是部长，马上来个急刹车，脸都由红转白，又由白变红："报告部长，对不起，我……我……我……"他"我"了半天也没有说出一句话来。高部长问："今天有赛事？"战士更紧张了，说："没……没……"高部长严肃起来："正课时间，没赛事还打球啊？"战士说："报告部长，今天我打扫卫生，刚好看到一个球在操场角落里，一时手痒……"高部长笑了："篮球打得不错？"战士见高部长笑了，便放松了一些回答说："业余水平。"高部长说："正课时间，不能打球。"战士敬了个礼，胆子大起来说："部长，我打的不是球，是寂寞。"高部长的心突然嘣嚓一下，有些静止。战士胆子更大起来了，说："首长，那么大的操场，没事时，大家宁可坐着看书，侃山，也没有人敢在操场上练一下，我上高中时就喜欢打球，总想练一下，发泄发泄。"高部长说："啊？"战士说："部长，你不知道呀，我们从当兵来到现在，天天不是训练就是值勤，不是开会就是集合，没有时间打球。到了星期天，大家上街的上街，洗衣服的洗衣服，睡觉的睡觉，总是凑不到一块。"高部长说："你们可以安排啊。"战士答非所问说："与我想象的部队不一样。"高部长又好奇了，问："有何不一样？"战士说："我想象中的部队，应该是热火朝天，生龙活虎，歌声遍地，操枪练武，不像这里。我们勤务连除了站岗，其他人多半是当公务员，进了机关楼，班长要求我们，说话不能高声，连脚步声也不敢太大。从新兵连到现在，快两年了，手中的枪倒是真枪，但从没有实弹，真子弹再也没见过。部长你说，这部队要是不打仗或不准备打仗，还要他干什么呢？"高部长心里一动：多像自己年轻的时候啊。他忽然从这个胆子有点大和性格有点莽撞的战士身上，体味到一股难得的朴实、诚实和真实。于是，他提议说："那我们去操场上打一会儿怎么样？你敢不敢？"战士瞪大眼睛："现在？"高部长说："现在。"战士说："部长，你不怕，我还怕什么？"

他们于是真的去了操场，先比赛投篮。部长三分球完胜，但毕竟手生，两分球投不过战士。于是，改为进攻，一个投球，一个抢球，一个前进，一个阻挡，看谁进的球多。两个人打得热火朝天。高明华部长突然觉得手也不生了，心情又畅快了。

正打得紧时，天空中的风也慢慢刮得更大了。伴随着飞舞的沙尘，偌大的操场，一老一小，在风中打得正欢。恰好这时，有个机关参谋从操场边走过，刚好是负责纪律检查的，看到正课时间有人打球，便跑过去准备训斥两人一番。但近了一看，这不是高部长吗？参谋吓得赶紧溜了。战士一看，高声笑了，也不管什么部长不部长，该怎么打就怎么打。

事情也凑巧，不一会儿，一个四处在大院里寻找新闻的政治部干事，四处瞅着走过来了。到底是搞新闻出身的，一看是部长与一个战士在风中打球，觉得有些新闻点，便什么也不说，连忙跑回办公室去拿相机，准备给高部长他们照照相。到了办公室出，提着相机出门时，这位干事还喊了一句："大家都看高部长打球去吧。"他这一喊，有人觉得奇怪，便跟着下楼来了。先是一个、两个、三个……结果不一会儿，操场边慢慢围满了人。那个纪律参谋抬头望去，整个机关楼的窗户，突然一扇接着一扇，慢慢地全打开了，一大群年轻的与并不太年轻的脑袋，挤在大楼的窗户边一边看热闹，一边猜测着部长的异常举动。

此时的操场边上，围观的人群越来越多，都在为高部长和那个战士叫好。有人报告给了陈副部长，陈副部长觉得高部长最近有些奇怪，刚才不还想找自己谈话吗？怎么一会儿又和战士一起打起球来了？陈副部长觉得奇怪，便也跟过来了。他刚到操场边，便让高部长看到了。高部长喊："陈副部长，一起来玩一会儿。"陈副部长心里一热，立即脱了衣服，扔在水泥地上，便跑到操场中了。陈副部长又回头招人，结果不一会儿，一个、两个、三个……两边便凑成两队，不言不语地分拨打起擂台来了。

冲锋，转身，截球，投篮……远击，近攻，三大步上篮……大家想不到，高部长的身手竟然如此矫健！而平时不太运动的陈副部长，居然也身手不凡，虽然他身体有些发胖，跑起来却毫不落后，一个接一个的三分球，几乎发发命中。天天为新闻不达标而发愁的宣传干事，边看边激动地想：遇上一篇好新闻了！透过手中的镜头，新闻干事看到，在大风吹起的飞沙中，在军旗猎猎的狂风中，一群年龄大小不一的军人们，把一个普通的篮球，竟然打得风生水起，不亦乐乎。而操场边上的掌声与欢呼声，始终不绝于耳。宣传干事一边跑，一边不停地抢快门，他想：好久没有见过这样热闹的球赛了！只是风实在太大，他的眼睛吹进了沙子，拍的照片也是风沙飞扬，人疾如电，人欢马叫……新闻干事还懊恼着呢，没想到一个星期后，就是这组稿子，还登上了军报并配发了编后感言，让他圆满地完成了当月的宣传任务。

一个月后，上级的命令到了。高部长没有往正军职上走，而是顺利退休，按他在告别演说上的话讲，是"软着陆"，心情相当平静。陈副部长呢，也擢升为将军，不过他并没有接任高部长的位置，而是回到机关任职去了。有人说，他来头大着呢。到底大不大，也仅是个传说。人走了，大家便不关心了。人们关心的是，到了年底，就在勤务连的老兵们退伍，一个个哭得像孩子的那天，一位野战部队来的胖乎乎的师长，迅速填补了高部长的缺。再后，机关的人发现，勤务连那个曾敢与高部长打球的战士，被选调到小车队训练一段时间后，迅速当了新部长的司机。大院里的人说，只要出了机关大院，这个司机便会载着他们的新部长，把车开得比飞机还快。而这个新部长，不仅特别喜欢坐快车，还喜欢坐在车的前座，一边抽烟，一边把双脚搭在挡风玻璃前，动不动就开口来一句"他娘的，打残那个不老实的小日本鬼子……"

费尽心机

1

在我们那一茬新兵和那一届上军校毕业的学员中，大家聚会，或在电话里谈起来时，都提到一个多半不喜欢的人——黄山。

不喜欢一个人的原因有很多，有时因为一句话，有时来自一个表情一个动作，有时可能是某一种气味，有时甚至是某人的某个部位长得与众不同。

黄山没有这方面的突出特长。甩在人群中，他与我们一样看上去稀松平常，毫不起眼。南方兵一般比较清秀，但黄山南北兼具，既有北方人的粗犷，也有南方人的简约，换我另外一个战友祁方定的话说，是"南人北相，北人南相"。

大家不喜欢黄山的原因，都是觉得黄山同志这个人，喜欢搞形式主义，善于做表面工作。话这样说算是好听的，如果翻开条条谜底的另一面，用白话直说，就有些像我们同班同学祁方定的原话："喜欢弄些虚的，做些假的，表态很积极，热衷于面子工程。"

我当年始终对黄山不冷不热。这是我的性格。我不喜欢一个人，也不一棍子把人打死，好歹也是一个车皮出来的，怎么也得考虑面子问题，维护一个地方的形象。再说，我们毕业后，虽然与黄山在一个单位工作过好几年，但我后来离开那儿了，除了偶尔打个电话，发个短信，表示没有忘记外，应该说两不相干。但为什么今天我还记起黄山，并且耿耿于怀？

因为昨夜我做梦梦见黄山了。他像影子一样，似乎就长在我身体某个部位，又因为某事惹恼了我，让我在梦里气得快疯掉了。醒来后我的手还在抖。

"你这是梦见什么了？抖得这样厉害？是不是做了亏心事。"我的抖动把身边的老婆都抖醒了，她打开灯问我。

我说："不可能。我什么也没梦到。"

老婆嘟囔着灭了灯，说我"心里有鬼，有点神经病"。

躺在夜里，我想，其实我好久都没有见到黄山了。他从分配到机关工作后，搞不搞什么形式主义，摆不摆什么官僚主义，我也看不到，也不过问。人以类聚，物以群分。我们除了是正宗的老乡，是一个车皮出来的，是一起上了军校的，又一起分到一个工作单位工作过外，我们是两种人。他属于早熟型的，吃得开，回故乡都能受到我们县长县委书记的接见，小车将他一直送到家门口；而我呢，基本上是坐公交车或打的，像个农民工一样，来来去去无声无息。

又是十几年过去，我们那一拨人渐渐进入中年。在我们那一届毕业生中，现在百分之八十的都转业到地方工作。留在部队的人不多，多半都想混个退休。而黄山不一样，他升得比我们都快。我们副团刚露尾巴，他已调了正团。等我们刚跨入正团行列，他又从学校机关调任到某个单位当了政治部主任，拿着白纸黑字的副师命令，黄山还给我和祁方定发了条短信：欢迎到某某地来玩。

"某某地"我就在此不标明了，让人有对号入座之嫌。我们后来才知道，他发短信那天，刚刚宣布完命令。可以想见，那小样得高兴成什么样子。

那时，我正团刚刚公示，如果没有告状信，基本是尘埃落定。好在我的工作一直不在什么重要岗位，平时又自视清高，认为军队就是打仗的，把工作干好，做到问心无愧，对得起纳税人的钱就好，也就不搞拉拉扯扯，哪管团团伙伙！加上我要去的位置也是清水衙门，不被人看好和关注，因此告状几无可能，诬告更不现实。再说我们调职的这一批，正赶上了好时候，换同学兼战友祁方定的话是，"习大大坐帐军中，高瞻远瞩，纵横捭阖，大力倡导整治'四风'，该进去的人进去一部分了，没进去的多半在暗中发抖，而军事训练与演习成为常态，报纸上又出现'能打仗、打胜仗'的字样，一时军威大振，士气高涨"。

不太幸运的是，祁方定刚好在整风之前，因为在单位仗义执言，与主官闹得心情不快，在宣布调整岗位时，他决定脱下军装，加入到了转业行列，正在新疆的家中等待组织分配。谁知半年过后，恰逢党的十八大召开，军队形势大变，祁方定悔意顿生，一天一个电话，要与我交流军队内部的改变。他对"中国梦，强国梦，强军梦"的理论如醉如痴，深研细琢，每天开场白就是："要知有习大大真的整党治军，我就不走了，真是生没逢时啊。兄弟，有谁懂得，我在脱军装的那一刻，泪如雨下的感受！"

接着，他又多半要谈到黄山："他会不会也在发抖呢？"

我说："发抖不可能，至少触动一下是可能的。虽然他爱做表面文章，但据我所知，他为人不贪。"

在我们眼里，如果为官不贪，多半也是有远大志向之士。因为这个，我们对黄山都发去了祝贺短信。至于去某某地一游，多半是想也没想过。

2

其实关于黄山喜欢搞些形式主义的名堂，似乎从读书年代就有这个爱好。就像有些人热衷于赌博事业一样，黄山从小就爱琢磨人。我们上高中时，在一个班，他喜欢向班主任汇报思想。而且，不是汇报自己的思想，主要是汇报班上的动向。我们的班主任是个老学究，为了方便管理，对同学之间的事非常感兴趣，经常把一些同学找去谈心了解情况。只要发现了问题，非得水落石出，在班上大讲特讲，把好人说得上天，把差生臭得钻地。印象最深的是，班主任动不动就把大家的来信，当着全班的面读给大家听。我们读书时还不时兴手机，初中毕业的同学升到各个高中，交流主要还是靠写信。家信还好点，要是男女间稍有那个，班主任的脸便红得像打了鸡血，兴奋得不得了。

在记忆里，班主任经常戴着眼镜，坐在讲台上，低头扫视一眼，大家的心紧张得要掉下来，生怕他的眼珠和眼镜也会一起掉下来，赶紧在心里念"阿弥陀佛"——生怕自己在哪里不小心又惹了事。犯事写检查，通常一遍是过不了关的，非要挖思想根源。因为班主任是教语文的，想逃没那么容易。黄山呢，也曾犯过错误，晚上自习时，由于学校经常停电，大家便用煤油灯。他有次把灯打翻，烧了前排一个女生的长发。班主任把他整得不行，非说他心术不正。黄山当时脸上长满粉刺，都快憋得炸裂开了。他写了一个星期的检查，都过不了关，最后还是找我润色，才勉强逃过。从那以后，他变了一个人，有事没事经常往班主任的办公室跑，说是汇报思想，请教问题。同学祁方定说："请教什么问题？完全是狗屁胡说，全是打小报告，把班上某某和某某有点早恋的动向，某某考试藏小抄，某某与社会上的小流氓有接触……汇报得一清二楚。"

我们当时不知道，觉得班主任很神，班上连谁老是吃蚕豆放屁他都知道，晚上下了自习睡觉前谁说了什么悄悄话都晓得，因此从来不敢造次。直到有一次，一个同学晚上上厕所，不想跑那么远，就跑到班主任的屋子边撒尿，看到了黄山的影子，便趴在窗户外听，一听，肺都气炸了：小子原来在告密呢！而班主任，笑眯眯地点着头，还给黄山泡了一杯茶。

那晚，有个同学下自习后在黄山的座位上撒了一泡尿，另一个同学则在黄山睡觉的被子里泼了一盆水。

从此，可想而知，黄山在班上的地位一落千丈，一下子没有什么朋友了。因为曾经与我同过桌，有事只好求助于我。我想，反正他又没告我什么密，无所谓。可以说，在整个苍白的高中时代，黄山虽然在同学们眼里并不咋的，但在学校老师眼中混得如鱼得水。每次轮到什么代表发言，黄山一般都是老师点名的对象。因为他的发言，最合老师的口味。而一谈到学习，老师们则摇头。包括班主任，有时看到黄山考得不好，便在班里骂："你要是能考上，我到山上去捉个猴子给你看！"

黄山一听，面子上挂不住，便勤奋学习起来。教室熄了灯，他便点上蜡烛，天天鼻子是黑的，脸色是黄的，身子也是瘦的。班主任开头还挺高兴，但过不久便不干了："黄山，你睡觉去！再学，你便是想死了！"

黄山说："我要学，我要考上大学。"

班主任说："不是我作估（小看）你，你的天资不在这，底子太差了，要是到官场上混还差不多！"

黄山不服。他还是刻苦地学。

但非常不幸的是，我们那一届，湖北黄冈地区的分数奇高，除了一个近千度近视眼的女生小芳考上了本科，其他人一律走向了广阔的田野和社会。本来我的分数够中专线，但想想家里也没有钱支援上学，便算了。而黄山同学呢，连个中专线也没够上，加入到了大多数落伍者的行列。在经过一段非常痛苦期后，其他同学有的复读，有的出去打工，我与黄山，分别在两个乡穿上了军装，来到了部队。

3

严格地说，自从高考一别，我与黄山既没有通过信，也没有到彼此的家里去走访过。征兵体检时，我在县里也没有见过他。

直到我们穿着军装集合要走的那一夜，一个接兵的少尉在点名时，我清清楚楚地从少尉嘴里听到一个熟悉的名字，顿时心里还吃了一惊：又遇到了老对手！

果然，黄山回过头来，看着我嘿嘿地笑了。

接着，少尉又念到了另一个熟悉的名字："祁方定！"

"有！"一个瘦高个站了起来。

少尉说："部队不说'有'，要答'到'！"

祁方定说："是！"

我们哈哈大笑起来。当时高考后久别重逢，大家便挤了挤眉。队伍一解散，我们便拥抱到了一起！

"又要在同一个战壕一起战斗了！"我说。

祁方定说："又走到一起了！高兴呀。"

"那是那是，我们一定要团结起来，好好战斗！"黄山说。

黄山说这话时，信心满满的。他一说，我过去对他不好的印象全飞了，觉得眼前是一片草原，通泰、辽阔。

我们被一列绿色的火车皮直接拉到了新疆。在火车上，黄山不知怎么的，就当了临时指挥长，协助接兵干部管理大家。

他戴一个红袖章，喊这个坐好点，喊那个站直了。

我便觉得眼前的黄山才是真实的黄山了。

一个看着黄山指挥过来又指挥过去的新兵，觉得不顺眼，嘀咕说："不就是主动靠上去，给接兵干部点个烟端个茶杯呗，有啥了不起的。"

我当时也是这样认为的，但很快发现自己错了。

开饭时，黄山指挥大家站队，白白的馒头摆在那儿，雾气腾腾的，远一点看像女人在洗澡。南方兵在家时很少吃馒头，闻到那味就不少人咂着嘴，好像口水要流下来了。不过，接兵的干部在集合时宣布了纪律："你们现在不是老百姓了，是有组织有纪律的军人，一切行动要听指挥！"

他这样一说，谁也不敢动。直到一声"开饭"，大家才一个个走上来，领了馒头就走。秩序本来挺好的，但黄山还在一边指挥："大家不要急，慢慢来，慢慢来！"

接兵的少尉，很欣赏地看着他。

终于轮到了我，我看到大家都拿的是两个馒头，也没想多拿一个，刚把第二个拿上，没想与另外一个粘连上了。一提起来，眼尖的黄山便看见了。他拍了一下我的肩说："老同学，每人先拿两个，不够要等大家吃完剩下后再说。"

我听了脸一红，觉得像做了亏心事的，辩解说："我没拿三个啊，这是粘在一起，还未扯断呢。"

黄山说："你别怪我，即使是同学，我也得公事公办。"

我心里咯了一下。看到少尉盯着他，悄悄地点头，我便知道他又受到领导的欣赏了。果然，饭后总结时，少尉表扬他说："我们的新兵黄山同志，觉悟高，思想好，讲团结，讲纪律，讲奉献，大家都要向他学习！"

他一说，大家鼓起掌来。

我们那茬当兵的，当时都非常纯洁。同一个车皮不是来自农村的，便是高中毕业没考上大学的。农村学校的生活质量之差，可以想见。所以大家一见馒头米饭不限量，便敞开了吃，涨得肚皮圆滚。少尉讲完话，大家便拼命地鼓掌，劲道大得很。我把手刚抬起来，看到了黄山向我投来得意的笑容，我吐了吐舌头，把巴掌又放下了。

一路上，黄山因为表现好，没少得到接兵少尉的表扬。

黄山在招呼大家时，已迅速由"同学们"改口为"同志们"。

新兵的生活就这样开始了。

新兵的滋味当过兵的都知道。无论我们在学习上怎么样，训练场上完全是另一番情景。当我们还在为踢正步走方队左右为难没有个样时，黄山那小子，倒天生是块当兵的料，不仅手摆得好看，而且正步踢得标准有劲。新训的班长不时让他给大家当教练，还给他取得名叫"框架兵"。就是排在整个队伍外边的兵，无论中间的兵踢得怎么样，但有了"框架兵"，远远地看上去也整齐。我有幸和黄山分在一个班，客气地对他说："以后多照顾。"黄山毫不客气地说："都是同学，那当然要照顾。"因此，每当我的步伐走得不好，手摆得不齐，新兵班长都要让黄山给我单练。黄山很得意，在没人时，他对我说："你学习比我好，人缘也比我好，但有什么用?"我心里不高兴，但也不能表露出来。因为黄山在新兵连班长和排长眼里有了一席之地，我怕他打小报告，所以只有忍着。

不但我这样忍，我们那个班也是这样忍。过去有句古话，叫"人挪活，树挪死"，我不太相信。但到了军营，我觉得在黄山身上，好像得到了印证。在人民军队，他就像自己念的诗歌一样：

在部队这个大熔炉里

我像一条见到了水的鱼

自由自在地游来游去

他念诗时，我们都在训练之余稍事休息。新兵班长带头叫好，于是马上掌声一片。新兵班长指着我说："听说你文学功底不错，你讲一下，这首诗好在哪里?"

我顿了一下。新兵班长让我讲好处,那就是已经给予肯定了,我明白我要讲的,只属于点评式的赏析。于是我站起来立正敬礼,说:"报告班长,这诗好在表现部队是个大学校,能让我们学到很多东西,又像一条在水里游的鱼一样,过得非常幸福。"

班长点点头。

这时,一个新兵问:"这诗也有不对的地方,如果把部队比成熔炉,自己又是一条鱼,熔炉里的鱼还能活吗?这个比喻不搭。"

新兵说完,大家轰地一声笑了。新兵班长也不知这样表达对不对,脸红了。他问我:"还是你说。"

我看了看黄山,黄山用求援的眼光看着我,眼里写满了期待。我说:"诗的意境不错,句子也很好,单个句子没有错误……"说到此时,黄山的脸上已绽放笑意。我本来可以就此打住,但看到黄山再把目光转向那位新兵时,眼里布满了阴冷,我便又加了个尾巴:"但话说回来,熔炉与鱼放在一起,鱼只有烤焦了,也是个问题……"

大家听后再次爆发一阵笑声。新兵班长觉得很无趣,黄山的脸也变成猪肝色,大家不知该怎样收场,只听班长一声:"集合,接着训练……"

这一训,就再也没有休息,站军姿一站就是几个小时。大家对我和提问的新兵有意见,晚上班长不在时,便议论纷纷。黄山更是对我说:"还同学呢,你!"

我说:"就玩笑而已,不必在乎吧?"

黄山哼了一声,拿着脸盆,给新兵班长洗衣服去了。

那时,在这一点上,我们班谁也赶不上黄山。每天早晨,他把班长的洗脸水打好,给班长挤上牙膏,然后恭恭敬敬地递上毛巾。到吃饭时,班长如果还没动筷,他便建议大家不能动;等班长开餐了,又主动给班长添饭夹菜;饭后又帮班长洗盘子……

这也就罢了，可气的是，我们一大早就都起来打扫卫生。明明都打扫干净了，可黄山非得拿着个大扫把，把靠近连部领导住的门口再扫一遍。过去，有的新兵表现积极，不到五点就起来扫，扫得新兵连长不高兴，就训："还让不让人睡觉了？以后这里由连部通信员扫，你们只管各自的卫生区。"

于是，大家不敢扫了。可通信员忙得像个什么似的，新兵信多，光信就发不完和送不完。黄山便主动承担这一角色，对通信员说："你是连首长，这些小事我们来做。"通信员比我们早一年兵，听了这话觉得很受用，就在连队领导面前表扬黄山。而黄山，每次等新兵连长、指导员快都要起床的时候，才装作慢慢扫到了连部，领导出来撒个尿，刚好就看到了他一个人，对黄山的印象也就更深刻了。

这一切，我们都看在眼里，记在心里，心里也想这样做，怕人说闲话，便又都不这样做；可别人做了，又看不惯他这样做。大家心里都明白，但谁也不说。我当时便想，这个黄山同学，将来不是一般人。

新兵班长是甘肃兵，文化不高，却对这些很受用。他开班会时经常表扬："这个黄山眼里有活，好好干，以后肯定有出息。"

"我呸！我呸呸呸！"

当然，我们只能在心里呸，嘴上可不敢呸出来。

果然，不久，新兵连开训练阶段分析总结会、伙食标准情况咨询会、思想工作座谈会、联欢会……不管这会那会，一般都是黄山作为新兵代表发言。他的发言，一般又都能得到上级甚至上级的上级的表扬和肯定。

因此，新兵没出连，黄山就成了名人。

最有名的事，是黄山令人吃惊的举动。新兵时，我们最怕检查内务，因为被子总是叠不好。

黄山问新兵班长："能不能用水？"

班长回答说："打湿了你怎么睡？"

黄山说："班长，睡觉是小事，影响班里的名誉是大事。"

于是，黄山先用水把好端端的被子打湿，干被子一过水，叠出来便很有型。黄山因此拿了内务第一名。可问题来了，那时我们在新疆，虽然屋子里有火墙烧着，但盖湿被子冻死了。我们都觉得黄山是死要面子活受罪，冻得受不了便用大衣盖着。第二天他便咳嗽。第三夜里，他干脆钻到我被子里了。我推了他一把。他不动。再推，他附在我耳朵边说："都是同学嘛，应该互帮互助。我以后混好了，会罩着你的。"我还是推，他已打起呼噜了。我心软，便让他挤着睡了，反正大通铺嘛，大家训练累了，睡得死沉，也不觉得挤。

冻了几夜后，黄山觉得这个办法不好。他对我说："必须想新的点子。"

于是，黄山想来想去，又有了一个新的发明。他找来两块木板，放在被子里面，叠完后一撑，有模有样又有型。虽然睡觉时不太方便，但板子呈现出的效果很好，外面一看，整整齐齐的，像烙铁熨烫过一样。

新兵班长看了，说这个方法好，号召我们学习。于是，我们便四处找板子，实在找不着，最后大家一人出十块钱，由新兵班长集体购买回来，每人两块小木板，放在被子里夹着，外面也看不出来。

这样一来，我们班的内务水平迅速得到了提高，很快在全连出了名。先是排里，最后发展到全连，大家纷纷效仿，让团长政委来检查时，大大地表扬了一番，内务水平一下子就上去了。

这还不算。我们班有名新兵，就是给黄山写诗提不同看法的那个，叫李鹏，是个罗圈腿。本来他是当不了兵的，但由于他家乡在发达地区，人们热衷于赚钱做生意，当兵的欲望不再强烈，但当地为了完成任务，最后便拿李鹏凑数了。李鹏其实特别热爱部队，多次报名参加征兵，均因罗圈腿刷了下来。这次好不容易来到部队，正在高兴时，却因为站军姿时，两腿总是并不拢，让新兵班长头痛。退回吧，劳民伤财，影响不好。接兵的排长也是在出发那天才看到李鹏的，当时大家都穿着大军裤，看不出来。等到了新兵连第一天站军姿练习时，便发现了这个毛病。因此，他一再对上级领导说，既来之则安之——于是李鹏便留下来了。

黄山的训练效果那么突出，新兵排长便将李鹏放在了我们的队伍。黄山问我："你有何高见？秀才？"他一直称我为"秀才"，其实心里不屑一顾。我说不知道。黄山便去问老班长。一个老班长说："听老兵们讲，过去那个年代，入伍体验要求不高，也有罗圈腿的，人家硬是治好了。"黄山眼睛一亮，递上一根烟——他其实是不抽烟的，但总把烟备着——问有何高见。老班长说："得费点劲，睡觉时把双腿绑在一起，然后用几块砖头吊着压。"黄山说："这个方法好。"但老班长说："那是过去的年代了，现在讲究尊干爱兵，谁敢呀。"

黄山不怕。他回来用激将法问李鹏："你想不想治好你的罗圈腿？怕不怕吃苦？"

李鹏正在为罗圈腿经常遭到大家嘲笑而苦恼呢，胸脯一拍："不怕！"

黄山说："敢立军令状？"

李鹏尽管也不喜欢黄山，但年轻人豪气一上，干劲便来了："不怕！"

黄山说好。是夜睡觉时，待同志们都倒头便睡着后，黄山便将李鹏的腿紧紧绑在一起，用背包带捆得严严实实，然后让李鹏头朝里，把腿伸出通铺的床外几十公分，用两块红砖挂了起来。也就是说，李鹏睡觉时，腿上吊着两块红砖悬空着呢。

李鹏起初感到脚既酸又胀，吊了一晚上便不想干了。黄山说："你不怕大家笑话你吗？革命战士就是要坚强。"接着，黄山便对他讲起黄继光堵枪眼、董存瑞炸碉堡、邱少云被火烧的革命故事。李鹏也许对这些革命故事并不上心，但心里却想早日把自己的罗圈腿治好。所以，他竟然坚持下来了。

最后大家发现了这个秘密。有人骂黄山恶心，也有人坚持不能让李鹏拉全班的后腿，影响成绩。无论大家怎样看，李鹏白天总是把裤管弄得紧紧的，我们也看不到效果。但新兵连快结束时，李鹏的罗圈腿，竟然真的让黄山给治好了！

这个消息，经新兵连一反映，全团都觉得是个新鲜事。有个报道员还想写报道，结果被团政委骂了一顿："也不是什么光彩事，更不是先进经验，写什么写！"

本来，新兵连一个指导员，还想拿此事当作政绩做文章，先让黄山写了发言材料，以为能上大会交流，没想政委这一骂，材料便泡汤了。要说这材料，黄山还找我加了工、润了色。我一边改，一边对黄山说："也不知你是给我们家乡人争了光，还是给父老乡亲丢了脸！"

黄山说："你们要提高认识。军队这个熔炉，什么奇迹都可能发生，不怕你做不到，就怕你想不到。"

听了这句话，我当时吸了一口冷气。我觉得从本来普普通通的黄山身上，突然感觉到了一股巨大的力量，心里变得复杂起来。

4

新兵连结束分兵时，黄山因为表现突出，直接进了机关，到政治处当公务员。而我们，多半分到了基层连队，不是站岗放哨，擒拿格斗，就是打扫卫生，喂猪做饭。

我们那批兵，顿时感到了明显的差别。

新兵李鹏，因为治好了罗圈腿，被参谋长认为特别能吃苦，要到了司令部当通信员。

我到连队报到的那天，连长就问我："听说你与黄山一个镇的？"

我说是。

连长看了个子矮小的我，叹了口气说："人与人，差别咋就那么大呢？"

我不知道连长指的是什么差别，似乎觉得我长得对不起观众，当时的脸立马便红了。

经过了新兵连的紧张生活，连队的生活要舒服得多。没事时，老乡们便喜欢围在一起，谈心得体会，侃大山。有人要叫上黄山，马上有人说："人家在机关，与我们不一样，还是算了吧。"特别是分到远离团部属于小、散、远单位的祁方定，一提黄山，便开口想骂。他说："没这个老乡，做人有什么意思呢。"

他一骂，大家便不提黄山了。

倒是李鹏，经常参加老乡们的聚会，不时地从机关带点好吃的给大家。大家觉得李鹏挺讲义气。李鹏说："说真的，我还真得感谢黄山，虽然他让我吃了那么多苦。"说着，他拉起裤腿，让我们看。

我们都吓了一跳，只见李鹏的腿上，四处都是疤痕，因为绳子捆得过紧，加上长期由两块砖吊着，李鹏的大腿上有两道深深的轮印。由于没有结疤，还鲜红红的，看上去像是车轮压过一样。

我们对黄山顿时有了另外一种更为复杂的感情。有时，我们到团里开大会，就会在主席台上看到黄山。他正在给首长们端茶倒水。有时，我们在连队的操场上训练时，看到他陪着政治处主任巡视。走在首长后面，黄山看上去也像个大人物。我们那批兵不少人感到特别失落。

有天，我在路上碰到了他。黄山说："你们老乡搞聚会，也不叫我。"

我说不是我组织的。

黄山说："怎么说我们也是同学嘛。有什么情况要及时向我报告……"

可能他意识到"报告"这两个字不妥，又改口说："让我也知道一点基层的信息。"

他把"基层"两个字咬得很重，让我有了低人一头的感觉。

我说："你混得多好啊，要基层的消息干什么。"

黄山说："我知道你们对我有看法，但我有我的理想。我的理想是与你们不同的。"

接着他告诉我，政治处主任准备送他去学习了。

我问学习什么。他说："学习写新闻报道。"

我说了声"恭喜"。于是我们便道别了。从那以后，有三个多月，我们都没有见到黄山，再见到他时，已是在军区的报纸上。天啊，黄山的新闻报道，竟然能够在军区报纸上刊发了！

这个消息，让团政委都很高兴。在一次全团的军人大会上，政委专门提出了表扬。黄山从此成了全团的名人。

我见到了那篇新闻报道，大意是说团长为基层办实事，与战士同吃同住同训练。其实，我们后来才知道，团长也仅是那天穿着迷彩服，路过训练场，看到一个兵练得实在不怎么样，便忍不住趴在那里教他怎样练射击，刚好被拿着相机找新闻的黄山看到了。咔嚓一下，新闻出来了。听说，政委表扬此事时，团长并不怎么高兴，认为报道不实。但政委说："我们团好长时间没有上军区报纸一篇稿子，能出来就不错了，应该鼓励鼓励。"团长这才没有吭气。

无论新闻背景是怎样的，反正黄山在我们那批兵中，一下子出大名了。他走到哪里，哪里都有手指指着他说："看，报道员过来了。"

那时，我们发现，黄山与过去有不一样的地方了。起初，他是平头。到了机关后，头发稍长了一点，但自从发表了新闻作品，他的头开始发亮了，并且梳得井井有条，特别是前额边的头发，往后一梳，再打点摩丝或用水打湿，往后一边倒，很像一个干部了。

我们指导员有天对正在扫地的我说："听说你的文字不错，你也得学学那个小黄，写点东西，给我们连添点彩。"见我没说话，指导员又说：

"我敢肯定，这小子没准哪天会提干!"

这一下击中我的心窝了。提干——那是多少当兵人的崇高梦想和向往啊!

我的心一下子被激起来了。每天晚上，当大家聊天时，我便趴在桌子上写。有人问，我便说是给家里或同学们写信。

我们班长姓高，他说:"不会是有了女朋友吧?"我连忙说没有。高班长说:"有了没事，占个指标也挺好，你看我，参加革命快十年了，还是个光棍，连个指标也占不上。你们可别学我。"

高班长那时是志愿兵，对我们很好。他一说，全班人都笑了。

我其实不是写信，是在写小说。但怕发表不了，所以我一直用一个本子盖着，有人来，便把信纸翻出来，没人看，便把信纸推到一边继续写。

有天，黄山给连队打了个电话，说找我。我开头不想接电话，但电话就是我接的，只好问有什么事。黄山说:"连队有什么新闻吗? 我们合作写一个。"

我说:"好像除了正常的工作、训练和生活，没什么新闻。"

黄山说:"如果连队有了什么新鲜事，你一定要告诉我。我们可以联手写。我与各个连都有联系，建立了通信录，专门寻找新闻线索。"

我说好。

从此，黄山几乎每个星期都要打一遍电话，寻找新闻线索。我觉得不好意思，便随口说:"有倒是有一个，但不知能不能写。"

他问什么事。我说:"今年的年终总结前，指导员把大家送给他的烟酒都退了。"

他一听很感兴趣，问在哪里退的。我说:"在军人大会上。"

他高兴起来:"在大会上? 当着全连的面?"

我说是。

他说："这个题材好，你先写个初稿给我，我联系报刊，到时一起发。"

我说："还是你来写吧，你是专职的报道员。"

黄山说："你起草个稿，我到时根据要求再改一下。"

于是我写了一稿，给了黄山。他来到连队，敲开指导员的门说："领导，我和你们连的同学写了一个稿，请你批评指正。"

指导员一看，很高兴，对黄山说："我就说嘛，你将来一定有出息，还号召你同学向你学习呢。"

黄山说："哪里哪里。"

指导员看了稿，签了字。黄山拍了拍我的肩，便走了。晚上，我不放心，便给黄山打电话说："这事报道出去到底好不好啊？"

他说："有什么不好？"

我说："指导员退礼是件好事，可为什么非要公开退呢？他完全可以私下退啊。"

黄山说："这正是新闻点，公开退，可以杜绝以后的人再送啊。私下送私下退，既没有人知道，也不能起到震慑和示范作用。"

我还是觉得不踏实。不过没几天，当地的报纸便将这个新闻报道出来了，政治处主任很高兴，觉得这是我们团党风廉政建设的体现。

我们连也订了这个报纸，一个老兵看到了，对我说："哼，这事也登报，完全是形象工程。"

我听了脸红了。不过，感到万幸的是，黄山在发表这篇文章时，不知是有意还是无意，没有署上我的名字。我本来想问他一下，但他碰到我后，从来不提稿子的事，我也就不再问。

从那之后，他不再给我打电话要新闻线索了，跟别人要不要，我也不知道。

那时，时近冬天。新疆的风很大，刮在脸上，只要不涂油脂，迅速便起了一道又一道的口子。我喜欢待在屋子里看书，也不知道黄山是怎样找新闻的，反正，我们经常能在军区的报纸上读到他的新闻大作，无论事情是真的还是有水分的。

年底，在全团军人总结大会上，黄山立了三等功，成为我们那批兵中，最早也是唯一一立了三等功的一个。

第二年春天，黄山还顺利加入了党组织，成为一名光荣的预备党员。

这件事，他以电报的形式发给了家里。他父亲兴奋地跑到我家聊天，与我父亲谈起此事时，说："儿子现在是党的人了，高兴呀！"

于是我父亲让我妹妹给我写信，在信中教育我说："一定要向你的同学黄山看齐。"

祁方定家里也写来了同样的信。于是，他约我一起聊聊。我们两人沿着茫茫的戈壁滩，漫无目的地行走，两个人对照起黄山来，都觉得有些怅然若失。

5

有一天，我到团部机关大楼送个文件。在大楼里碰到了黄山，他一见我，显得很亲切，说："怎么到机关大楼来了？"

我说："难道不能来吗？"

他笑了："既然来了，去我办公室坐坐。"

我本来不想去，但经不起他一拉，便上去了。

与我们在连队拥挤的生活相比，机关大楼不仅干净漂亮、环境优雅，而且宽敞明亮、书籍成堆。我正在心里羡慕着，黄山给我冲了一杯咖啡，说："这是主任送我的，怕我熬夜受不了，你也尝尝。"黄山说这话时明显强调了"主任"二字，其实不用尝，我心里已有些酸溜溜的了。一尝，却是一股苦味。

这时，黄山又把自己发表的作品剪辑本拿到我面前说："请批评指正。"

我连忙装作翻阅的样子，这时进来了一个中尉军官，我赶紧站起身来。黄山也急忙把剪辑本收回去，站起来对那个军官说："朱干事，这是我的老乡李东东，平时也写东西。"接着他又向我介绍："这是负责宣传的朱干事。"

我说："朱干事好。"接着想解释并不是黄山说的"也写东西"。没想，朱干事只点了个头，看了我一眼，便出去了。

黄山对着朱干事的背影，关上门说："牛什么，总有一天，我们会比他们强。"

我还没开口，黄山便说："无非是提干的，有个亲戚在军区，一天到晚牛轰轰的，有什么能耐！"

我说："人家是干部，我们是战士，是不是应该尊重点？"

黄山说："要不说你在基层待傻了，干部中也有草包货。"

这时，送信的通信员进来了，交给黄山一封信："黄干事好，你的信，某某大学来的，还挂号呢。"

通信员说着做了一个鬼脸。

黄山说："好，放在桌上。"

我就在黄山的办公桌边站着，看到那封挂号信上，竟然是一个非常熟悉的名字，就是我们班考上大学的那个近视眼女生小芳。她竟然给黄山来信！

黄山见我看到了女同学写来的信，便有些炫耀地对我说："这个女同学，你也看不出来？人家是大学生，竟然给我写信，说要与我谈恋爱呢。"

我奇怪地看着黄山："与你谈？"

黄山说："是呀。我还不想，因为人家上了大学嘛，但你无法阻止一个人对你的爱，是不?"

我差点笑出声了。

因为我想起了我们读书那些年中，黄山曾给班上另一个漂亮的女生写信，说爱她。女生好长时间没回信，黄山害怕了。他生怕这事让无比信任他的班主任知道，再当众念出来，那是多么难堪的事情啊。结果，有一天，他利用机会找到那个女生说:"如果你不想谈，请把信退给我行不?"

女生说:"信早就撕了。"

黄山不信，又拦在路上要了好几次。女生一生气，把这事对另外一个女生说了。于是班上便传开了。

我说:"是不是人家现在考上了大学，以后是国家干部了，你追人家的吧?"

黄山脸红了，坚决予以否认:"老同学，我是那样的人吗? 你把我看扁了。我知道，你们都对我怀有偏见。"

我嘿嘿地冷笑。

黄山说:"李东东，总有一天，我要混个人样给你们看看，不信走着瞧!"

我说:"你谈恋爱与我有啥关系? 你爱与谁谈，那是你的自由。"

黄山说:"这话可千万别在老乡中说。"

我觉得话不投机，寒暄几句准备走。

黄山送出门时，对我说:"老同学，有个事我给你解释一下。"

我说:"什么事?"

黄山说:"那次发稿子的事，不是我不署名，是报社把你的名字的漏掉了。等我发现时，找他们，他们说报纸已经出了，多一个名字少一个名字并不重要。"

我说:"没关系。就一篇破稿子嘛。"

黄山说："可不能这样说。这代表单位的形象呢。"

我说："你能保证你的每篇稿子反映的内容都是真的?"

黄山说："那不一定，水分肯定是有的，难免要拔高一点嘛。有时是我拔的，有时是主任拔的，有时是报纸的编辑拔的，都是形势的需要。"

我说："新闻的生命在于真实，如果这样搞新闻，还有什么意思!"

黄山说："我看你要动动位置了。长年在基层待着，思想跟不上形势。一切要讲政治，讲政治你懂吗?"

我白了黄山一眼，走了。

新疆的风大，一出门，我便被吹走了几丈远。我突然想起了黄山曾说过的一句话：火车不是推的，新闻却是可以吹的。

6

有一天，我在团部的路上执勤时，看到了宣传科的朱干事。他拿着一个相机，四处瞅。见到我，他停下来说："喂，兄弟，你不是那个喜欢写小说的战士吗?"

我敬了个礼说："朱干事好。"

朱干事回了个礼说："来，我们聊聊。"

我说："我执勤呢。"

朱干事说："新闻干事到哪里，哪里就是工作。没关系。"

他接着问我："你们那个同学黄山，听说他舅舅是总部的一个大官?"

我说："没听说啊。"

朱干事说："他自己说的。我就知道，整天就会吹牛。"

我怕对黄山有影响，便不置可否地说："也许，也许吧……我们来往不多，可能，可能吧……"

朱干事说："你那个老乡啊，有心计。明明是自己写信追一个考了大学的同学，还非说人家追他。可能吗？"

我说："报告朱干事，这事我不知道。"

朱干事说："你们当然不知道，可我与他一个办公室，当然知道呀。连送信的通信员，叫他干事他也答应，还不是一个官呢，最多也就一个班长！"

我说："朱干事，要没事我就走了。"因为我真的不想纠缠到他们的事中去。

朱干事说："听说你喜欢写小说，哪天我们切磋切磋。"

我说："那是闹着玩的，向你学习。"

朱干事说："学习啥呀！小说可以虚构，现在有人连新闻也学会虚构了。长此以往，作风下降呀。"

我知道他指的是黄山，便又提出要走。朱干事说："兄弟，你急什么？不说这事了，至少，我能保证我笔下的新闻绝对都是真实的，宁可一月不上稿，也不登有水分的稿子。"

我说："好。"

朱干事拍了拍我的肩说："兄弟，今天的话当我没说。只是随便聊，要不然我们主任又会批评我了。主任经常说，'你看你一个干部发表的，还没有一个战士多呢'，主任就在乎上稿量！"

见我没有应答，朱干事说："兄弟，你好好写你的小说，发表了我们学习一下。"

我支吾了一句，便走开了。

本来，我很想把朱干事的话告诉黄山，又怕引起他们的矛盾，最后想想，多一事不如少一事，还是算了。

此后，我从勤务连调到修理连，又从修理连调到汽车连，最后调到营部当通信员兼文书，每天工作之余，必做的一件事，就是写作加看书。我想，正儿八经的高中生，不考个军校怎么行呢?

新疆的天气，一天天暖起来，暖得让人觉得心窝子一直是热的。我们营长是四川人，动辄一句"格老子的"。对我，他经常说的一句话就是："格老子的，当兵不想当将军，那是个啥兵? 赶紧复习，考个军校给我们营争光，都剃了好几年光头了! 各营一起开会，头都抬不起来!"

7

终于，在我投出去的小说没有一篇发表成功的时候，考试时间就快到了。

有一天，黄山找到我说："老同学，就快考试了，有什么打算?"

我说："看考的情况再说。"

黄山说："我找人了，想与你一个考场，行不?"

我说："那是你的自由呀。"

黄山说："你知道的，我的成绩并不太好。原来还以为靠写新闻作品提个干，主任也答应帮忙。但现在看来，提干哪是那么容易的事呀! 还是考学靠谱。"

我说："那就好好复习呗。"

黄山说："我就想与你一个考场，到时请你照顾一下。"

说着，他拿出两筒麦乳精放在我的床头柜里，说："都是同学一场，一起共进退。这是一点心意，你补补脑。"

我说："不用，我不吃这些东西。营里的饭好得很呢，不需要补。"

黄山说："你知道的，我要是考不上，近视眼小芳可能会把我甩了。我原来吹嘘说会提干的，现在八字没有一撇，回去也没法向我父母交代。"

我说:"考不考得上,都是命,努力了,就无憾。"

黄山说:"你不知道啊,我告诉你吧。为了提干,我父母花了不少钱呢。可是,这事只能跟你说,你是作家,心地善良嘛。你也知道,我父母在乡下,有时还去捡破烂,我想着都要流泪……"说着,黄山真的掉下泪来。

那是我第一次见他掉泪。我最怕男人掉泪,所以沉默了。

黄山说:"老同学,你只要答应帮我,其他的我来办。"

我不相信,他一个战士能办成?结果,上了考场,我大吃一惊:黄山竟然就坐在我的旁边!

他得意地朝着我笑。

那时,新疆四月的白杨树,已有星星点点的绿芽冒出来。我的脑里突然蹦出了北岛那句最有名的诗:"卑鄙是卑鄙者的通行证,高尚是高尚者的墓志铭"。

考后,在回来的大巴车上,我把这句诗写在纸上,给黄山看。

黄山笑了。他在后面写道:你可以摧毁花朵,但你不能阻挡春天。

8

七月份,我们的通知来了。

我的分考得比较高,黄山因为是推荐上学的,分数线相对低一些,只要过了提档线就行,所以,他也顺利地拿到了通知书。

老乡中一同上学的,还有小、散、远单位的祁方定。

三个人拿着通知走在一起,祁方定说:"黄山,你平素牛得不行,我们在基层,不也一样能上军校?"

黄山笑着说:"我们不一样,不一样。"

祁方定说:"哪里不一样?"

黄山说："大脑里不一样，想的也不一样。"

祁方定说："屁"！

不过，都考上了，也是好事。大家便相约在走前请一个团同一个车皮来的老乡吃顿饭。

黄山说："到时我请客！我好歹还有稿费。"

祁方定说："那说定了，到时不要散软蛋。"

黄山悄悄地对我说："感谢老同学啊。"

我说："考试时，你的脖子伸得那样长，也不怕监考官发现?"

黄山说："那你就不知道了。"他显得很神秘，马上住了嘴。想了想又说："做大事的，必须闭嘴。不闭嘴的人，做不了大事。"

我说："你又来政治上的那一套。"

黄山说："老同学呀，人只用两年时间便学会了说话，却要用一辈子的时间学会闭嘴，这你们没在机关生活过，不懂呀。"

我说："你不是说你家有什么人在总部机关，我们怎么没听说过呀。"

他脸红了一下，迅速恢复了常态："兵法中，什么叫虚虚实实，实实虚虚? 实则虚之，虚则实之。"

祁方定个子大，在他屁股上踢了一脚说："实你个头，虚你个尾！搞了几天新闻，就不知道自己是谁了！"

黄山也不恼，只是笑。

我一下子觉得他身上有股特别的东西，也许真的值得我们学。

走前，黄山又放了一炮，给团领导写了一封决心书。意思是，自己热爱边疆，热爱团队，毕业了保证回团里工作，把青春献给可爱的团队，献给可爱的边防一线！

团政委看到决心书后，把朱干事叫去，要他写篇新闻。后来，这篇题为《献了青春献终生——从入学前想到毕业后说开去》的新闻发表在全军的报纸上。黄山还未入校，便又成了名人！

祁方定说:"黄山,你真会作秀!"

黄山说:"这不叫作秀,你想,边疆考出去的,按哪里来哪里去的原则,肯定是要分回边疆的。我只不过是找了个新闻点,走前再给团里做点贡献。"

祁方定说:"我他妈真服你了。"

黄山私下对我说:"既然考出去了,回不回来还不一定呢,走着瞧。"

我突然觉得黄山深不可测。对这个始终同过学的同窗,刮目相看起来。

老乡聚会送行那天,我们都参加了。大家拼命给我和祁方定敬酒,黄山明显受到冷落。除了治好腿的李鹏对黄山千恩万谢、感恩不尽,一个劲地敬酒外,其他人仿佛没有黄山似的。

我只得拿个酒杯跟黄山喝一下,黄山说:"酒这东西,不喝不好,喝多了更不好。"他贴着我的耳朵说:"燕雀安如鸿鹄之志哉!"

酒到中途,黄山说出去方便一下。这一去,就没有回来。最后,还是我和祁方定结的账。

祁方定见了面就骂他滑头。

黄山说:"我刚出去,碰见了政治处主任,非要我到他家里去吃个饭,我只好去了。"

我看着黄山。黄山说:"真的。朱干事也参加了,不信你问朱干事。"

我们当然不会去问朱干事。我们只是坐着车,各怀心事,离开了两年之久的新疆,离开了我们的连队。

走的那天,许多战友们在告别时哭了。我们知道,这一去,不知什么时候才会再见。因为等我们毕业回来,除了转上志愿兵的战友们,其他人,可能从此一生再也见不到了。

于是,我们哭得一塌糊涂。

只有黄山,他一路都吹着口哨。他是从机关走的,机关除了领导,就是通信员，所以没有人送他，包括平时一直叫他"黄干事"的通信员。据说，黄山答应在某个新闻作品上署通信员的名字，但一直到走，通信员也没有见到。他原来指望接黄山的班的，最后干了一年，只好下了连。对此，通信员感到非常失望。

列车咣当咣当地向着熟悉的中原进发，我和祁方定两眼汪汪的，看着戈壁滩如箭一般向后退去。我们想不到，两年多的岁月，就这样一晃而逝。不知道，时间都去哪儿了？

9

看惯了黄山在团里的表演，我想，他到了军校那样人才济济的地方，肯定会有所收敛了。但这只是我一厢情愿的想法。

由于全军的报纸登了黄山还未出发就要回边疆的誓言，他到学校便受到了礼遇。报到的那一天，我们又分在一个队，接待我们的队长说："你就是黄山？"

黄山敬礼说："报告首长，我是，请您指示。"

队长对这个动作相当满意，点点头说："不赖，好好干！"

相反，见到我和祁方定，队长只是淡淡地点了点头。

军校的战友来自四面八方，到了一起很热闹。黄山放下行李，交给我说："一切交给你了，我有要事要办。"

还未等我答应，他就走了。下午，等我帮他铺好行李，他回来时，左膀上已带上了"接待人员"的红袖标。原来，他帮队长接新生去了。

这一点让队长更加满意，他在晚上的小会上说："有的同学，刚放下行李，便有主人翁的积极性，主动去接其他同学。"言下之意，就是批评我们没有这种主动精神。

果然，第二天，随着报到的人越来越多，黄山被任命为临时区队长。区队长在学员队有很大的权力，可以亲近队干部，又可以指挥学员。在队长眼里，"这个黄山不愧为典型"。

于是，我们那一届开学典礼黄山作为学员代表，在全校大会上发言，表决心。这种事他轻车熟路，而且，这次的决心表得比过去都狠。

"感谢党，感谢组织给了我们学习的机会。我们将抓住这难得的机会，用全部的精力去搞好学习，不辜负人民的重托！

"感谢学校，感谢学员队领导对我们的关心关爱，一进校门便感受到了这种强烈的温暖，这一定化作我们学习训练的无穷动力，激励我们学好知识，报效军营！

"感谢每个同学选择了这所全国闻名的学校，我们会在此相识相知，相亲相爱，绝不辜负青春的相约，以后到更广阔的军营舞台上去建功立业！"

黄山每念一句决心的结尾，就加重语气，等待大家的掌声。他声音高亢，嗓子洪亮，语坚气昂。一篇决心下来，赢得了无数掌声！

我们坐在下面，看到黄山肩膀两边的红牌牌闪闪发亮，像他脸上的青春痘一样，一切欣欣向荣。就是这次，黄山的讲话引起了一位学校领导的注意，为他日后留校打下了基础。

会后，祁方定对我说："属于黄山同志的第二个春天又到来了！"

我说："是呀，他的青春总会比我们到得早，来得猛。"

但一个致命的缺点是，黄山由于长期在机关写新闻，很少出早操，也不参加团里基层的劳动，身体素质不是太好，在军校搞的强化训练中，迅速败下阵来。

如果让我们回忆在军校生活中最难忘的，恐怕就算强化训练了。我们是学指挥的，每天早上、上午、下午和晚上都要跑五公里越野。一天四个五公里，比新兵连的训练强度都大。教官一点也不留情，谁要偷一点懒，那肯定是死翘翘。

我和祁方定一直在基层摸爬滚打，勉强受得了。黄山就惨了，常常是一个五公里跑到一半，就鼻涕口水一齐流。

我对祁方定说："既然一起来的，还是要互相帮助。"于是，每次跑五公里时，我们陪着他跑，等跑不动了，再拉着他跑。

黄山说："不行，太吃力了，得想辙。"

我说："众目睽睽之下，你那套不管用了！"

祁方定也说："群众的眼睛是雪亮的，你一落伍，谁看不到？"

就在队长也对黄山有些失望的时候，黄山的"辙"终于想到了。

他跑去找教导员，对教导员说："首长，年年搞训练，训练也要总结经验，我觉得我们队的训练搞得非常好，应该好好报道一下。"

教导员那时正处于服役期满最高年限，再不提拔就要向后转，听了这建议很赞成，问："你搞过新闻？"

黄山："报告领导，我是团里的报道员。"

教导员很感兴趣，说："发表了多少作品？"

机会真是为有准备的人预备的。黄山马上跑回宿舍，拿来一个厚厚的剪辑本，放在教导员面前。教导员高兴了："想不到我们队还有这样的人才，应该利用上。"

于是，黄山的训练从此也就走走队列，多半时间是在"调研和了解情况"。五公里，他参加得更少了。同学们都知道队里有个才子，想想自己没有他两把刷子，也便不再计较。

有一天，我路过教导员的门口，他说："你过来一下。"

我高兴地进去了，以为教导员要找自己谈心。没想他递给我一个厚厚的本子说："你把这个交给黄山同学一下。"

那是黄山的新闻剪辑本。我拿着本子，没事便翻了一下。我看到，在那厚厚的一本中，黄山竟然将朱干事写的新闻作品也放在了自己的剪辑里面，因为那些是与我们团有关的作品，当时我们团政委要求每个连开班会时都要学习的，所以，我对朱干事的文章很熟悉。

我再翻了翻，更是吃惊，黄山竟然将朱干事的作品全换成了自己的名字！

晚上，我把剪辑交给黄山时，他紧张了，问："你看过了？"

我说："没看，教导员让我转交的。"

黄山说："真的没看？"

我说："我还看那玩意？"

黄山平静下来，说："即使看了也没关系。朱干事的文章多半是我起草的，只是他是干部，我是战士，不能抢他的风光，所以许多稿子，我都没有署自己的名字。"

我哼了一声，转身便走。黄山说："老李，这事，不要对人讲啊。"

虽然我对此不以为然，但令我诧异的是，每天深夜，黄山竟然还在操场上跑一圈又一圈。有次，我坐在操场边上，看着天空想问题，黄山没看到我。他一边跑一边自言自语："相信自己！相信未来！"

我突然对他有了那么一点佩服。

在强化训练结束的比武过程中，我和祁方定拉着黄山，不仅安然地走过了四十公里拉练，还在最后五公里中，生拼硬拽，终于让他顺利通过了考试。因为黄山的背包在我的肩上，而他的腰上绑着一根背包绳，前面是祁方定拉着他。

当我们扑倒在最后的终点线时，我们拥抱在一起，都流下来了热泪。在哭声与笑声中，我们高兴地大叫——因为这意味着，我们终于在军校里顺利注册，成为一名真正的军校学员了！

10

强化训练结束后，我们开始上课。这时，只有早晚安排有训练课。

早上一般是队列训练，或是练刺杀操，参加校庆会演，而晚上的训练还得跑五公里。

与强化训练的三个月相比，这时人一下子轻松下来。每天上午，大家上课时打瞌睡的多了，好像教室一直缺氧似的，人走进去，就会昏昏欲睡。

黄山此时正式当上了区队长，承担了班长的角色。

他坐在最后一排，记下每个打瞌睡者的名字，然后在下课后告知对方。由于我们指挥系实行的是全程淘汰制，大家便紧张起来，连忙与黄山套近乎。最有效的，就是发烟给黄山抽。

在团里当报道员时，黄山便学会了抽烟。经常是一夜一夜的，为找不到好的新闻点而睡不着。烟一旦成瘾，要戒掉也很难。过去，在团里，他报道哪个连队，连队指导员或连长总要给上一条半条的。于是他越抽越厉害。

到军校后，队里起初规定不准抽烟。要抽，只能到厕所里，于是黄山便成了蹲坑最多的人之一。几个烟鬼，觉得在厕所里站着抽也不是个事，便喜欢蹲坑。队里只有两个厕所，他们一蹲，有内急的只好下楼去找。楼下也一样，于是，反对蹲坑还成为大家提出的意见之一。

黄山曾对我说："烟还是要戒掉的好。你监督我吧。"

我说："这个要靠自觉。监督不了。"

黄山说："再不戒，就没钱买烟了。"为此，他还跟我借过几次钱，都是为了买烟。

现在，大家都群星捧月地围着他，他也不提戒烟的事了。相反，没事时，还给队长、教导员发上一根烟，顺便汇报汇报思想。

教导员说："赶紧把训练经验写出来，推广推广。"

黄山说："请领导放心，一直在弄呢，快要出成绩了。"

果然，他不负众望，在这个节骨眼上真的熬出了成果。他的一篇

《关于将心理工作贯穿强化训练取得硕果》的文章，被上级转发，为学员队赢得了荣誉。文章的大意为，"过去我们把训练中出现的问题，都归结于思想政治方面的问题，其实，随着时代的发展，有些问题比如忧郁、焦虑、害怕等现象，都是心理因素造成的，而不单纯是个思想问题。只有解开心理的扣子，才能使训练达到最佳效果"。文章还举了许多例子，都是身边的人和事。有个事例，还把我写进去了，说我从边疆来，心理上存在自卑的想法，经教导员解疙瘩，训练场上生龙活虎！

"简直是放屁！"我对黄山说。

黄山哈哈大笑："我不过是让你出名，好心还没有好报！"

我说："我要找领导，你侵犯了我的隐私！"

黄山说："算了吧。我写别人的肯定不好，写你，就不会有事了。自己人嘛，怎么写也不过分。"

我去找教导员。没想教导员听后说："材料是我签字的，你觉得他说的不对吗？要是不对，你也写这么一篇！听说你文笔挺好，别人能发表，能总结，你怎么没有呢？这就是自信心不足的表现！"

在教导员那碰了一鼻子灰，我也不敢再说什么了。祁方定说："这小子，我们多少得防着点，说不定他什么事都能干出来。"

无论我们怎样看，这篇文章还是得到了上面的重视。编辑专门发了编者按，学校领导为此也专门做了批示，说"学校多年没有这方面的经验，这个经验跟上了时代发展形势，应该深挖细抠，争取出更大成果"。

这个批示，全校都组织了学习讨论。我们队也组织过，教导员还点我的名，让我谈如何克服自卑。我不得不顺着黄山文章的意思，谈了自己的心得体会。回到宿舍，我在他屁股上狠狠地踢了一脚。他说："踢吧，只要你解恨。相信你以后会理解我。"

这件事过后，黄山再次在全校声名大噪。

到了年底，学员队讨论给黄山记三等功的问题。当时队长担心，报上去了也不会批，因为学员队自组建以来，还没有一个学员立过三等功。

教导员说："我们就要打破常规，报不报是我们的事，批不批是机关的事。"

于是，队支部真的讨论通过，给黄山记三等功。机关政治部门最后还真的给批了。

这事在我们学校引起了轰动。在全校开总结大会发奖那天，校长还说："一个学员能立三等功，这说明什么？这说明我们学校的吸引力，能吸引优秀人才；也说明学校的培育思想对头，只要有为，在这里都能干出成绩！"

黄山戴着大红花的照片，很快出现在学校的橱窗里。

从此，他不在班里和我们一起住了，教导员让他搬到了储藏室，给他创造一个安静的环境，好让他继续出成果。

在同学们的眼中，黄山成为一个能人。

那个冬天，我们第一次放寒假。他说："我们三个把票买在一起，回去探家吧。"

我没吭声。祁方定对我讲，怎么也不想与黄山坐在一起。

于是，我们各自走各自的，回到了家乡。我母亲搂着我，一个劲地哭。

三年时间没见面，母亲那是思念的哭，也是高兴的哭。

11

第一次探亲，很多同学来玩。

有一天，上大学的近视眼小芳和另外一个女同学跑到我家里来看我。

另一位女同学毕业后我们也很少联系。听说她通过复读，也考上了师范学校。她说："小芳非要到你家看看。"

近视眼小芳虽然与我从来没有通过信，但我估计她来我家一定有事。

果然，在另外那个女同学与我妹妹聊得投机的时候，小芳悄悄地问我："李东东，黄山回来干什么去了？天天不在家。"

我说："不知道呀。我们回来还没联系呢。"

那时，还不流行手机。寻呼机也只是一部分先富起来的人在用。联系还靠写信，或者固定电话。但我们村在山区里，没有固定电话。

小芳说："我感觉黄山变了，你感觉到没有？"

我说："你是指哪方面？"

小芳擦着泪说："我读书时，与黄山接触不多，印象也一般。上大学后，黄山一个劲儿地给我写信，说喜欢我。我架不住，觉得找一个同学也挺好的，你知道，我各方面条件一般……"

我支吾着说："这事我还不知道呢。"

小芳说："原来我们的信挺勤的，但自从他上了军校，我们的信便少多了。我给他写信问他，他说又忙又累，顾不上。我开头挺理解他的，但后来，他干脆不给我回信了。最后，给我写了一封信，说他认真考虑过了，认为我俩不合适……"

我脱口而出地说："我也觉得你们挺不合适的！"

小芳吃惊地看着我，问为什么。我却不知道该怎样来对她形容黄山。

这时，那个女同学与我妹妹一起回来了。她对我说："东东，你说这个黄山，听说我在心理系学习，一个劲地要我帮他写一篇关于心理知识与训练方法的问题，我写后还找我们导师亲自修改后，才寄给了他，也不知文章后来怎么样了。"

我吃惊地睁大了眼睛，更不知自己该说些什么。

女同学还对我说："东东，你要提防黄山一些，我觉得他挺鬼的。你和祁方定，都不是他的对手。"

我说啊，然后有些怅然若失。

冬天的雪，下在故乡的土地上，很快笼罩了原野。我母亲见到我，眼睛总是红红的。她说："毕业了，你要去那么遥远的地方，见一面都难，怎么办啊。"

我说："自古忠孝不能两全，为国尽忠就不能回家尽孝，这是你教育我们的啊。"

我妹妹插话说："说是一回事，做又是另一回事，可怜天下父母心啊。"

有一天，黄山到我们家来拜年了。我父母非常热情，号召我向他学习。

没人时，黄山问我："听说两个女同学到你家里来了?"

我说："来过了。"

黄山说："有些事，你知道不知道都没关系，但希望你能理解我。"

我说："有些事，我真的理解不了。"

黄山说："总有一天，你会理解我的。我相信并期待着。"

说着他一边抽烟，一边与我父亲聊天。我出去了。回来时，他们并肩坐在一起烤火，看上去，他们聊得挺火热。

果然，黄山走后，我父亲说："你这个同学呀，不简单。你要多向人家请教。"

我不知该说什么好。只见我妹妹说："我哥有什么不好? 自己做自己的，未必非要向别人学。"

我感激地向我妹妹点点头。我们相视一笑。此时，屋里温暖如春，而屋外，大雪飘飘，很快掩盖了我们童年的一切。

12

过了一个难忘的春节后，我和祁方定早两天回学校报到。走前，我们问黄山是不是要一起走，他说还有事要处理。我们也不便问他是什么事。总之，在我们三个人的世界里，黄山与我们就像隔着一座山。他的山，是有形的，也是无形的。

等我们回到学校后，一个爆炸般的消息迅速在全院传开了：指挥系学员黄山，在寒假勇敢跳入冰窟中，救了一个落水的小孩，自己还差点牺牲了！

教导员说："这是我队出现的又一个典型，必须大树特树！"

于是，教导员让我来执笔。我对祁方定说："有这回事吗？"

祁方定说："没听说呀！"

我想起我们走前去问黄山的样子，也没有看出他曾是救人的英雄。

教导员说："你们是高中同学，既是同乡，又是一个部队来的，对他应该非常了解，这个典型非你写不可！"

我不敢说黄山并不是典型，但我也并不认为他就是一个典型。教导员见我沉默，还说："这是死命令！必须尽快完成！你应该为你们家乡出了这样一个英雄而骄傲！"

队里给黄山发了电报，我只好等黄山回来。

在此之前，我问教导员："这事儿，学校怎么知道呢？"

教导员说："地方民政和武装部发电报来了，后来家长也把感谢信寄到了政治部，那还有假吗？"

我和祁方定面面相觑。

终于，在第三天深夜，黄山回来了，是我和祁方定去火车站接的。他的腿上打着绷带，走路一瘸一瘸的。

我说："大英雄，前几天我们去你家时，你腿还好好的呀。"

黄山说："我是怕你们担心。本来想与你们一起走，但这事不想让人知道，没想到学校还是知道了。"

祁方定说："你小子，不是造假吧？有没有这回事？小孩是不是你的亲戚？你是不是又设了个局？"

黄山露出一脸怒气说："老同学，你怎么能这样说呢？难道我的腿伤是假的吗？孩子救是不是一个，而是两个，你们知道吗？你们还是不是我的同学？仅仅因为我比你们有名，你们就吃醋？就看不惯我？"

他一说，我们仿佛觉得自己做了亏心事的，不好意思还口。

回到学校，我只好拿着笔，围在黄山的小屋子里，听他讲述冬天里的故事。

在这个故事里，我们的主人公黄山，是一个优秀的军校学员。多次立功受奖。在第一个学期的探亲假里，他顾不上与家人的团聚，积极去上门为孤寡老人服务。在回来的路上，路过一个小村庄时，听到路下的池塘里有人喊"救命"，于是，他以军人的速度飞一般地越过田野，奔向池塘。看到两个孩子浮在水面上，一个孩子的只露出了头发，另一个孩子两手紧抓住冰块的边缘。他顾不上冬天的寒冷，想也没想便跳入冰窟中，先是救起一个，接着又救起另外一个。当最后一个孩子上岸时，他冻得嘴唇发紫，瑟瑟发抖，差点冻死了。由于衣服被锋利的冰块刺破，大腿也被划破了。两个孩子尖锐的哭声，引来了村庄的大人们，发现冰面上还躺着一个解放军。他仰面躺在那里，肩上两边的红牌牌像两面五星红旗……人们问他叫什么名字，他什么也不说，最后只是说："我叫解放军。"艰难地站起身离开了那里。

这个故事，是黄山亲口讲出的。我写完后给他看，他说："差不多吧。应该加上一点，就是人们不是因为我自己讲述才知道的，而是村庄里的人自发寻找才找到我的。"

我问:"人们到底是怎样发现你的身份和真面目呢?"

黄山说:"我到医院包扎,正好碰到一个高中的同学。他以为我与人打架了,为了证实我不是打架,我就随口说出来了。没想到,这个同学的父亲是武装部的部长,他回去说后,武装部长亲自到我家里来慰问,这才传开了。"

于是,我把这一段也写了进去。

但材料报到教导员那儿,他说:"这一段可以略写,只写大人们为了感激解放军,四处寻找最美军人,发动人民战争的优势,终于找到了。"

材料到了机关,又经过机关高手的反复修改,最后在全军的报纸上发表了。等我看到报纸时,那里面的黄山又跨越了几座高峰,得到了再次升华,已不是我笔下和我眼里的黄山了。

祁方定说:"为啥运气总是在他那边?"

我们那时在学校的操场上,闷声地跑步。远处点点的星星,仿佛遥远的火花。它明亮,却又那样遥不可及。月亮,虽然星空高挂,但仿佛也只是星星的陪衬。

13

军校第二年,我的小说终于发表了。先是一个短篇发在《解放军文艺》,接着一个中篇发表在《人民文学》,这在学员队引起了轰动。

虽然今天在部队写小说的人很多,但都没有那时值钱。军人行武,能提笔写个什么就是文化人了,在这支队伍里容易受到重视。何况,我发表的,都动辄就是几万字的东西呢!

学校其实对写小说的也不以为然。他们更在乎的是像黄山那样的新闻好手。因此,我发表小说的事,只在学员队慢慢流传。特别是几千块钱的稿费,更是让同学们羡慕。要知道,我当兵时第一年每个月的津贴只有十七块，到了军校，也仅涨到了一个月五十块钱。

一篇文章的稿费，竟然是津贴的几十倍，比黄山的新闻稿只有十块、二十几块高多了。

于是同学们对我也另眼相看了。我拿着稿费，寄给家里一些，其他的，都慢慢在休息日与同学们吃包子用了。

但就是这几千块钱的稿费，却引起了政治部一位领导的注意。他有天到学员队调研，把我专门叫了去问："你写小说？"

我惶恐起来，不知自己是不是不该写小说。发表作品时，也没有像新闻作品那样盖过公章。我低声说是。

政治部领导说："你会不会写材料？"

我还是不知道该怎么说，就在那里站着，我们教导员说："连小说都会写，材料肯定不是问题。"

政治部领导便说："下次帮机关也写些材料。"

谈话便到此结束。我以为领导说说就算了，没想从此，我经常被抽到机关写材料。起初，我写的材料总是被那位领导改得一无是处，心里非常沮丧。但那位领导总是不表态，既不说好，也不说不好。我几次都要打退堂鼓了。但那位领导总是坚持把我叫去，交给我一些素材，让我写成材料。

我那时才知道，这位领导是政治部副主任，机关都叫他潘主任。没事时，他特别喜欢研究彩票，是福利事业的铁杆。但有次，他对我说："我中的奖，加起来还没有你一次的稿费多呢。但花费出去的，却是你的几十倍！"说完，他哈哈大笑。

笑完后，潘副主任又给我一堆素材。

在他手把手的辅导和帮助下，我终于会写材料了。这话不是我说的，而是潘副主任讲的。有一天，我给他交一份材料时，他说："你终于上路了，材料就是这么写，与小说不一样。"

我说："啊。"

他又说："知道为什么让你来帮助写材料吗？"

我摇摇头。

潘副主任说："是想借助一下小说的语言，改变一下我们的八股文风。你看现在的材料，写得越来越对仗了，完全是文字游戏，没有生命力。"

我笑了。

潘副主任意味深长地说："以后呀，机关要进一些新人，不能总是四平八稳的。这样下去，将来教出的学生怎么打仗！还打得了仗不！"

在他的叹息声中，我敬了个礼便走了。

按说，这样大的机关领导表扬我会写材料，我应该高兴才是，但我却怎么也高兴不起来。因为那时我的小说本来也写得风生水起，写一篇发一篇，但学会写材料后，让我的小说语言大打折扣，编辑们回信说，总是有些半生不熟，好像与过去不一样了。我那时一门心思想当作家，觉得写作是一门不要关系就可以谋生的行当，所以功夫全用在写小说上了。如果编辑和读者们都知道，一定会多多担待我的。可惜，编辑只认稿子质量，让我发表小说的速度一下子降了下来。

教导员说："一个队里出了两个笔杆子，高兴呀。"

他在高兴之余，不忘了让我在每份材料中夹点私货。比如，需要举例时，就举本队的事例，增加本队在机关领导那里的分量和印象；批评某种倾向时，坚决不能有本队的痕迹。

有一天，潘副主任看出来了。问我："为什么都用你们学员队的事啊？有私心之嫌。"

我说："我只熟悉自己队里的事，对别的队不太了解。所以就……"

潘副主任看着我，我低下头，觉得后背有冷风吹过，一阵阵发凉。好在他拍了一下我的肩，说："不要向你那个同学学习，写个新闻总喜欢上纲上线的，霸王强上弓，看上去别扭。"

这是潘副主任第一次提到黄山。我又惊了一下。

英雄所见略同啊。

我回来，想把潘副主任的话告诉黄山。但话只开了个头，黄山便逼停了。他说："你写个小说，哪能与新闻比？领导们在乎的是新闻，是轰动效应，而不是你的小说。小说只是个人行为，极端的私人化！而新闻却是大众化的。"

他又说："材料？那就是一堆废话。听上去有用，看上去有理，但讲过之后便扔，便忘，是典型的快餐文化。"

我说："难怪你不写啊。"

黄山说："机关也找我去写过，我认为写那玩意儿干吗？所以，就应付了事。后来，他们再也不找我，正好落得清静呢。"

我吃了一惊："原来如此啊。"

黄山说："新闻发表在报纸上，有多少人在看啊！而材料呢，只有那么几个领导看，最终一个领导念，之后大家闹腾，爱听不听！你写小说，也只有爱好文学的人才看，现在市场经济，爱好文学的还有几人？曾经写诗的比读诗的还多，现在呢？小说只是消遣品，易碎。"

我说："新闻为时而作，不过也是时过境迁罢了。"

黄山说："新闻出政绩，政绩出新闻。你懂吗？"

我们最终谁也说服不了谁。祁方定在一边听着，冷不丁插了一句："我呢，什么也不写。历次运动，斗的都是知识分子，特别是那些喜欢发表文章的知识分子。"

我们又都哈哈地笑了起来。

14

军校第三年，我又有一个新的发现：黄山不仅会写新闻，寻找新闻，而且也会制造新闻。

我们队有个学雷锋活动小组，是原来的老学员留下来的传统。学校专门还授了一面旗，叫"秦全学雷锋活动小组"。秦全是师兄，比我们高了多少届不知道。但每一任队领导都讲，秦全是个名人，学雷锋出了名，为队里争了光，还被评为全军学雷锋先进骨干，号召我们向他学习，让这面旗高高飘扬。

对学雷锋活动，大家起初都是非常积极的。军校管得太严，平时根本走不出校门，加上勤务队的战士，以抓学员私出外出为荣，动不动就把违纪的学员叫到一边训上一顿。在军校里扛红牌的还不如站岗的战士，这个道理大家都知道。所以，平素大家都不敢私自外出，抓住了就会受处分。

学雷锋不一样，学雷锋可以到街道边上摆摊，让大家见见世面。内容也不复杂，一般都是免费理发，或是扫地，或是修自行车，给自行车打气。那时大街上的汽车没有今天这样多，人们多半是骑车出行。

我们学校没有一个女生，阳气太重。好不容易有几个女教员，多半是关系户分来的，长得也是邻家女孩。因此，大家充分利用学雷锋的机会，出去吐个气，看看街景，顺便看一下美女，大家乐此不疲。

第一年，大家积极性高，都主动要求参加，一般一个星期活动一次。但到了第二年，周围的环境慢慢地熟悉了，大家的事也多起来了，学雷锋的热情便渐渐少了。到了第三年，由于大家在考虑毕业去向，功课也更多，作业都写不完，便出现了"雷锋叔叔没户口，三月来，四月走"的现象。

教导员对此感到特别忧心："必须想方设法，把这面队旗保住。"

这一年，听说教导员要提拔了，传闻到研究生大队去当副政委，调副团。所以，他格外积极，要求学雷锋活动每半月搞一次。

前两年，学雷锋活动基本是由我组织。因为我被同学们选为团总支副书记，书记是教导员。每次都由我组织人马，带队去搞活动。而到了第三年，由于机关经常抽我去写材料，活动便由祁方定带队了。

祁方定每次都向我诉苦："同学们说，这些活应该由新生队去做，新生队有热情。"

我说："你可以想想其他的办法啊。如果改变一下形式，也挺好。"

祁方定想不出来，我也想不出来。他便求教于黄山，黄山说："这还不好办？与一个干休所结对子，一帮一，关心一下孤寡老人们的生活。"

祁方定拍大腿说："好！"

于是，他们便去联系干休所。所里的人也高兴，不少老人膝下无子，没人陪着说话呢，这不是好事吗？

这种形式比较新颖，同学们觉得不用在大冬天站在街道，冻得鼻涕直往下流了。大家又兴奋起来，挨家挨户地给老人们洗澡，擦玻璃，陪老人聊天。

黄山一个劲地拍照。终于，当地的报纸登了整整一个版的照片和文字。

这在学校的历史上是没有的。黄山又胜一局。连从来不服他的祁方定也对我说："还是他点子多，我们还真得向他学习。"

此后，黄山又策划了去 SOS 儿童村送温暖、给贫困家庭的孩子赠衣服、给西部母亲打井捐款等系列活动。每一次活动，都做到了报纸上有字，电视上有影，收音机里有音，得到了学校的高度赞扬。

终于，在黄山又荣立了三等功的时候，我们的教导员也顺利升职了。只不过他没有到研究生队当副政委，而是直接调到机关当副处长了。

走前，他请黄山吃饭。黄山让我和祁方定作陪。祁方定说："领导请学员吃饭，他拉上我们，有点炫耀的意思。"

我说："总不能让他锦衣夜行，还是给点面子，让他衣锦还乡。"

饭桌上，教导员发自内心对黄山说："兄弟，我有今天，你功不可没。"

当时黄山酒喝得正在兴头上，"喝酒，喝酒。"

有队领导在，又是休息天，我们胆子便大起来了，开始真的喝酒。

酒过三巡，黄山满脸通红，兴奋不已。

黄山与我碰杯时说："学院某某领导看上我了，想让我留校。他家有个姑娘，长得也挺漂亮。嘿嘿，你懂的。"

我一惊，问："那小芳呢？"

黄山一怔："小芳？啊，想起来了。我对你说兄弟，有些人只是生命中的过客。她们出现在你的生活中，是机缘，躲不掉。但离开时也一样，都是命，不要太在意。那时只是占一个指标，现在指标也会变质……不管你怎么看，谁都会遇到这样的问题。"

我说："我觉得你有点问题……"

黄山轻蔑地说："那只能说，你已跟不上这个时代了。"

我们话不投机，开始喝闷酒。最后，好像又是祁方定出去埋的单。饭后大家分手时，大家都踩着舞步，晃晃悠悠的。原来，青春一直没有直行抵达的大道，我们总是走得歪歪扭扭。

15

时间真快，转眼我们在军校度过了一千多个日夜，就快毕业了。

原来生龙活虎的一群男人，开始有人弹吉他，全是忧伤。

队长说："男儿有泪不轻弹，只是未到伤心处。"

的确，校园开始回荡着一股忧伤的气息。我们都为未卜的前途和离别而感到心里生风，一天到晚空空落落的。

黄山却不同，他一天到晚哼着小调，连上个厕所也能传出歌声。

我问他："吃了什么定心丸了？"

他说："盖子总有一天会揭开，谜语总有一天会亮底。"

我骂了他一句脏话。

他说："你爱骂就骂吧。这是酸葡萄心理。"

我噎住了。

有一天晚上，下了自习，我从机关帮助写材料回来，老远看到路上有两个人，好像黄山。走近，不见了。我在黑暗中站了一会儿，果然听到了黄山和一个女的交谈的声音。

"你对你爸讲了吗？"

女的说："讲了，我爸说，你脑瓜灵活，以后有发展前途，就是路不能走偏了。"

黄山急了："你爸这样看我？"

女的说："急什么？下句话还没说呢，留校应该没问题吧。"

黄山的笑声透过树林，特别敞亮。

一刹那，我什么都明白了。

过了几天，队长找我谈心。

他坐在沙发上，对我在学校的表现大大表扬了一通，绕了一大圈，最后慢慢吞吞地对我说："有个事，我们商量一下。"

我说："队长请指示。"

他说："算不上指示。如果你觉得可以，你就做；如果你觉得不快，你也可以不做。"

我问什么事。

队长挠了一会头皮，最后对我说："要不，你带头写个去边疆工作的申请？反正你是从新疆来的，按照定向生原则，你得回去啊。"

我说："反正要回去，为什么还要写申请？"

队长说："到目前，还没有人主动申请去边疆工作，你知道，现在不像过往那时候，我初带学员队时，自愿去边疆工作的申请书，像雪片一样呢。现在大家都有些现实了。"

我说："我反正是要回新疆工作的，写了还不让大家认为我是作秀吗？"

队长脸一红："总得有人带头吧。"

我低头不语，没有当时表态。

出了门，碰到黄山。他问："队长找你了？"

我说是。他问什么事。我想也没想，便说了。

黄山说："你准备怎么办？"

我说："还没想好。不过这事有点恶心人，写了同学们会不会骂我啊？"

黄山笑了笑，走了。

第二天，我们下课回来时，只见楼下的黑板上，赫然贴着：到祖国最需要的地方去建功立业，到最艰苦的地方去再立新功！

下面，是黄山提交的一份申请书。

我看了看日期，署的是昨夜。我头一晕，觉得天旋地转了。

果然，在队务会上，队长大表扬特表扬黄山："不愧是学院的优秀典型，能力强，品德好，肯吃苦，甘奉献……"

接着，不少同学受黄山的影响，开始写去边疆工作的申请了。

那几天队长见了我，有些冷冰冰的。

我心里发虚，便鼓起勇气，也写了一份交给队长。没想他看也没看，便扔在了桌上。

我脸一红，默默地敬了个礼，走出了他的办公室。

祁方定也写了一份申请，不过，他不是申请去新疆的，而是申请去驻港部队。那时，驻港部队是热门，谁要是选上了，那肯定是相当相当优秀的。

我问他："你这可能吗？"

祁方定说："队长非要我写啊，我故意写去驻港部队的。我才不在乎呢，反正是要回边疆去的。新疆多好啊，我还想那地方，想那些战友呢。"

16

宣布命令之前，机关找我们每个人都谈了一次话。

有天夜里，大队长对我说，干部处长带着一个干事，要与我了解分配前的思想情况。

干部处长说："就是随便聊聊，看看学员们有什么想法。"

我说："大家都对学校依依不舍，对同学离别充满忧伤。"

那个干事说："你个人有什么想法？"

我说："我是从新疆来的，马上又回新疆去。来之前，我是一个兵；这次回去，是一个排长，成为党的干部。我特别感谢党，感谢组织，感谢母校的培养。"

我说的都是真心话，我甚至感到鼻子有些酸酸的。

那个干事却说："不讲官话，说真话。"

我说："这就是真话呀。"

干事笑了。

干部处长说："你对个人分配有什么考虑？"

我说："我们从边疆考来，能够提干就是幸运。没什么想法，坚决服从组织分配。"

干部处长挥了挥手说："好！"

于是我走了。回来我问黄山："你知道自己分到哪里吗？"

黄山说："那是肯定的。凡事预则立，不预则废。"

我说："你消息灵通，知道我和祁方定去哪里吗？"

黄山摇摇头说："不知道，估计都回新疆呗。"

我说啊。

黄山好奇地问："你怎么不接着问我到哪里呢？"

我说："不用问，我已知道了。"

黄山不相信地说："不会吧？"

我说："你不就是留校吗？马上是乘龙快婿呀。"

黄山大惊失色。他看了看周围，说："老同学，你可别瞎说呀。"

我哼了一声，走了。

在宣布命令的前一天，队里给我们每个人下发了一个大麻包，用于托运。队长说："组织上已给大家买好票，宣布完命令就要离校。"

我把自己的衣物和书装进麻包，在上面公公正正地写下了"北京——乌鲁木齐"几个字。

宣布命令大会那天，我们军装整齐，军容严整。

机关一个副主任来到学员队，先讲了一番话，然后庄严地宣布命令：

曾广斌！

到！

分配到广州军区某集团军某大队！

李峰！

到！

分配到北京军事医学科学院勤务队！

……

黄山！

到！

分配到本院政治部宣传处！

黄山回过头，对我们笑了一下。

　　很多同学都互相交换了一下眼神，表示出羡慕的样子。

　　接着，政治部领导又念了一长串名单。其中，祁方定被分回新疆我们的老部队。

　　我一直在忧伤的情绪中，觉得大家以后再见个面就难了。

　　在快宣布完时，突然点到我的名字了。

　　"李东东！"

　　我响亮地回答了一声：到！

　　"分配到本院政治部组织处！"

　　我以为他看错了，向周围望了望，大家也回望着我。有人还悄悄地伸出了大拇指，表示祝贺。特别是黄山，一脸疑虑的眼神。我又看了看宣布命令的政治部领导，没想到他看也不看我，只看着命令，接着又念下一个……

　　后来，我才知道，原来学校在研究这批毕业生时，政治部一位领导提到了我："这个小子比较老实，文字不错，留下来吧，以后会为我们学校争光……"

　　首长们没有异议，于是，我、黄山，以及别的学员队的一个毕业生，成为那一届所有边防部队考来的战友中留了下来的三个人。

　　这对我来讲，纯属是个意外。没想到，同学们不相信，黄山更不相信。

　　会后，黄山轻蔑地对我说："藏而不露，高人啊。"

　　我说："我真不知道……"

　　黄山说："那才怪！"

　　我不说了。幸好有祁方定相信。他说："天上掉下个馅饼，没想到让你捡到了。"

　　毕业工作后，当黄山通过他对象的父亲——也就是准岳父——我们的副院长，知道了内情并开始相信我时，我们分在一个单位两个不同的部门，来往骤然变得少起来。

送祁方定走时，黄山也去了。祁方定的眼里盛满忧伤。他说："来时我们三个，现在我一个人回去，不要忘了边疆的兄弟。"

我说不会。黄山也说不会。

在火车站，祁方定拥着我们，流泪了。我的泪水也哗哗地掉下来。

黄山抽着烟，哽咽着说："好好干，有事来信，我们会帮你的。"

祁方定点了点头，上了火车。列车开动的时候，我觉得整个天空都布满忧郁。列车尾巴中吐出的气流，在燠热的夏天，让我胸中像堵住了什么东西，几乎不能呼吸。

17

毕业后，由于刚好遇上暑假，学校批准我们回家探亲。回到家中，我父母看到我留在了内地，高兴得不得了。

有天，同学小芳也到我家来了，她的情绪低落，转弯抹角地问起黄山的情况。我说："好着呢。"

小芳不知道"好着呢"是什么意思，我也不想深说。因为回来时，我曾约黄山一起走，他说他有事。其实，他就是想留在学校谈恋爱。看得出，他不想因为留校就轻易放弃那段他特别在乎的爱情。在这个时代，很多事，其实大家都懂的。找一个将军的女儿结婚，注定了他以后的前程远大。

等我度过了漫长无比的暑假，回校报到时，政治部潘副主任不好意思地对我说："很抱歉，你被分到下面锻炼去了。"

他说的地方让我吃了一惊。因为我在学校未毕业时就知道，那是一个特别偏的基层，也是一个大家都不太喜欢去的单位。

我有些奇怪地问："不是说让我留在组织处，发挥专长搞材料吗？"

潘副主任沉默了一会儿，拍了拍我的肩说："小李，很多事，你以后慢慢会懂的。去基层也不是坏事，摔打一下也挺好的。"

我是军人，知道不该问的绝对不问，就不问了。我向潘副主任敬了礼，转身走了。出门时，我听到他长长地叹息了一声。

我提着行李去基层报到时，一个人有些孤零零的。我当时还想："既然这样，让我留校干什么呢？"

过了一年，我才知道了机关之所以没有留我的原因。

那时，当年考察我的干部处长到我们大队当了政委。有一次与他聊天，他感慨着说："小李呀，人的命运，真是起起落落呀。我知道你很有才，但不要太在意，年轻嘛，有的是机会。"

那天他喝了酒，便酒后吐真言："当初的确是要留你在机关工作的，但帮你说话建议你留校的那位首长调到北京去了。接任他的副职曾被那位首长压了好几年才接上，心里窝着火呢，以为你是那位首长的关系，一句话就让你下来了……"

接着我们政委也感慨起自己的命运："副职成了正职，认为我们也是原来那位首长安排的人，这不让我平职交流到了大队当政委吗？"

我们政委生气地说："其实谁是谁的谁？我们都是党的干部，对党负责，谁也不是谁的谁！"

我听后，站在大队有风的楼道中，身上不禁感到一阵阵凉意。那时已是秋天，我觉得整个抹红的天空，就像一幅涂鸦的画布。

我咬着牙发誓：自己一定要努力奋斗，奋斗，再奋斗！

18

从那以后，生活一切变得简单。

我，在干好基层本职工作的同时，基本上是闭门不出，日夜写作，在短短时间又发表了大量的文章。

有一天，又是一纸意外的调令，我幸运地被北京某单位相中，在毕业四年后终于调进了首都。在基层同事们的眼里，这也算是修成了正果。

我走时，没有通知黄山，因为我相信，他一定早就知道了。

他没来送我。

那时的黄山，比我们走得更顺。我在学校还没有调走时，他留在机关宣传处，属于那种"坐下来能写，站起来能说，下基层能帮，在机关能抓"的典型，工作干得红红火火，轰轰烈烈，全院几乎没有人不知道他。在留校那年的年底，他结了婚，终于如愿以偿地当了将军的乘龙快婿，并且提前调了副连。在所有同学们的眼里，他的喜讯总是一个接着一个，他的前途被所有人看好。

那时，我与他很少见面。即使见了面，他也是永远处在学校的工作中心，永远站在聚光灯下。有时我们私下遇到，也仅是说些客套话。他后来能够成为我们基层甚至全院人的话题，是因为他的创意还是一个接一个，每一个都能引起轰动效应。

日子就这样过得不紧不慢。转眼又是十几年过去，我们那一届毕业生中，现在百分之八十的都转业到地方工作了。留在部队的，多半都是想混个退休。而黄山不一样，他升得比我们都快。我们副团刚露尾巴，他已调了正团。等我们刚跨入正团行列，他又从机关下调，到某个单位当了政治部主任，拿着白纸黑字的副师命令，黄山还给我和祁方定发了条短信：欢迎到某某地来玩。

去玩是不可能的。现在是什么情况？中央动真格抓反腐，整"四风"了。我不会去，祁方定也不会去。他还在新疆的家，待业等着分配呢。

有时，祁方定打电话问我："黄山能干到将军吗？"

我说："也许。"

祁方定说："看到网上说某个曾给我们训话的大官又进去了，我就忧国忧民啊。"

我说："军人以服从命令为天职。别人怎样，我们管不了，但我们能管好我们自己。"

祁方定说："我真希望，和平年代的将军是真值钱的，是真能指挥打仗且能打胜仗的。"

我说："我也希望这样。全军的广大官兵，心情和习大大一样，都这样希望。"

机关楼

1

王伟在家刚扒拉几口饭，就接到领导的短信：讲话稿明天一早就要。

他打了个嗝。不是饱嗝，是噎着了。又匆忙吃了几口，放下碗就往办公室跑。回到机关楼时，像往常一样，整个机关都是安静的。时来时往的，除了最高领导的几辆车停在楼下，除了最高领导的办公室灯还是亮的。再要亮着的，就是他们几个笔杆子。不过，随着时间拉长，和他一起的年轻笔杆子，都一个个晋职提拔了。只剩下他，还在副团这个位子上晃荡。每次提拔人的那几个月，都有人在王伟耳边献计献策，让他适当活动活动。但王伟总是想，天天跟着首长，应该看得见。再说，活动是什么意思，他只是听说，没有亲见。活动的内容，人家也未必跟他说。所以他决定不参加活动。这样的结果，最终导致了别人都跑得快，越过了他这个老机关，只有他一直在原地踏步。虽然材料他还是一样跟着那几个年轻人写，只是称呼不同了。他仍被称为干事，别人都慢慢地带了长。起初，王伟仍叫他们名字，他们也答应，不过渐渐便觉得人家答应时不像以往那样亲热了，再说周围的人都叫他们某长某长，他便也慢慢改了口。

这一叫，人家很高兴，对他也很尊重。拍着他的肩头说，别急，好事不怕晚。

王伟便叹息，机关真是磨人的地方。

不管怎样磨人，王伟还是来到了熟悉的办公室。他像城市的一只夜猫子，常常是昼出夜伏，以至于大院里的熟人见了他，都要说，好久不见啊，忙什么呢？有时甚至连领导和领导的领导也这样问。

王伟不知道在忙什么。一年四季的文字材料，像山一样堆着。这个领导布置的，那个领导交代的，都得写，但他还不能说自己老是在写材料。写材料的人，虽然在机关越来越吃香，但也不是每个人都瞧得起。这年头，屁股坐得下来的有几个。再说，写材料又不提拔，仅落个"会写"和"爱写"的评价，他便渐渐不再这样回答了。进一步说，他写了什么，都是应景之作，领导一讲就扔了，他自己都记不清，更别指望别人记得住。王伟每次挑灯夜战写"同志们"，领导也会在大会上高声地念"同志们"，可到年终总结时，王伟都犯愁，不知自己到底写了些什么。记忆总是那样靠不住。

王伟接到短信便往办公室走。城市刚下了一场大雪，夜色下，机关楼像城市的居民楼群一样，很不起眼。如果不是早晨有军营的号声、军人的脚步声和口号声响起来，机关楼谁也看不出像部队，掩在大雪里无声无息。

王伟进了办公室，有些冷。他没开灯，便打开中央空调，坐下来。周围的书和文件都很安静，摸上去有些凉。王伟在黑暗中打开电脑，坐下来。他习惯于先坐一会儿，理理思路，还习惯于点上一支香烟，想想问题。但随着火柴在空中擦亮了一下，王伟才发现，沙发上还躺着一个人。他吓了一跳，连忙开灯问，谁。

对方没回答。王伟一看，是同事牛轰轰。地上吐了一摊，看来又喝多了。王伟这才闻到一股酒味。

王伟推了推牛轰轰。牛轰轰醒了。

我这是在哪里？

办公室。王伟的眉头皱起来了。最近，牛轰轰老是喝酒。

又怎么了？

没怎么。中午参加了一个应酬，你知道吗，请记者，领导说你忙，没好意思让你陪，俺一陪便喝多了。牛轰轰回答得很干脆。然后，他坐起来，接过王伟递过的水，喝了一口说，不好意思。我马上打扫。

那天下午，领导派王伟去基层一个单位听会。会完，他便直接回了家，敢情牛轰轰已睡了一个下午。他没说话。牛轰轰看王伟不高兴，赶紧找扫把和拖把，一会儿，办公室便干净了。

王伟坐在电脑前抽烟。牛轰轰说，又加班啊？

王伟说是。

牛轰轰说，天天写材料，你累不累呀。

王伟说，哪里不累。机关哪个喜欢写材料啊，还不如跑跑……

话到嘴边，好像觉得不对，他停了。

牛轰轰说，能者多劳，你天天写，领导以为你喜欢写，用起来也顺手，那你不写谁写。

王伟没接话。他刚才本来想说，还不如跑跑颠颠的人呢，拿一样的工资，他们既不用加班加点，也不用挨批挨训，还可以跑来跑去的锻炼身体。而自己呢，一天到晚坐在同一张椅子上，写不同的公文，今天写完一个，马上又接着一个，有时甚至一个没写完，好几个都压在案头上……顺利过关还好说，没有顺到领导的点子上，领导还要批评不认真。

牛轰轰打扫完，穿上衣服，说，走了。你忙吧。

说完，牛轰轰推门就走了。留下王伟，对着电脑发起呆来。

2

加班加点，对于副团职机关干事王伟来说，本是家常便饭。从副连写到正连，再写到副营正营，一步一个脚印，按部就班地调到副团，没靠前也没太落后，除了头发白得多，并慢慢减少了，除了睡眠差并且后背有些驼了，其他的改变也并不大。首长一见面，还是亲切喊他"小王"，同事一握手，还是喊他"老王"，只有生人，才喊他"王处"，甚至常委们中间也有喊他王处好几年的，结果就是兑不了现，每次提拔干部前，领导都要安慰他说，不急，好好干，我们对你是认可的。

王伟听了很感动。但结果一宣布时，领导又找他谈话，要正确对待。

这一对待就是好几年。要说王伟心里没想法，那肯定是假话。按牛轰轰的逻辑，"机关嘛，千能万能，领导不提拔，就说明工作没被承认；即使你不在乎个一官半职，但周围的人会在乎，你不任职，便觉得你混得不行，看人的眼光也就慢慢地变了"。

的确，有好几次，一宣布命令，便有人到王伟的办公室说道，好像在为他鸣不平。开头王伟心里也有想法，但有一件事触动了他，这种想法又淡了。

有天，一位老头儿到机关某部门来办事。老头儿退下来前是部门主要领导，人人都认识。王伟到那个办公室找份资料，见老头儿坐在那里等，便打了个招呼。老头很客气，说找干部处的金申通，为自己的孙子办个事，盖个章。

金申通与王伟平时关系不错。王伟便热情地说，他不在吗？

老头儿说，刚才在，让我等一会儿。我都等了一个小时了。

王伟想：让一个老领导等这么长时间，是不是有些那个？他便主动给金申通打手机，说老领导在等他盖章。

金申通平时为人较正直，接了电话说，我知道。

王伟说，那还不回来？

金申通说，我故意让他等，怎么了？

王伟小声说，毕竟是老领导啊。

金申通说，老领导怎么了，以往在位时，眼睛朝我们看过？为我们着想过？脑子里考虑的，永远是些什么人？哼，我就是晾晾他。

王伟一想也是。此领导在位时，的确很霸道，好像谁也不亲近，谁都不放在眼里，喜欢自己说了算，群众反映一般。不过又一想，要是他还在位，谁敢这样让他等啊？

王伟便有些感慨，人哪。

他收了线，对老领导说，他有点事，一会儿回……

老头儿说，没关系，再等等，求人嘛。

王伟回办公室的路上，一路在心里叹息。人走茶凉，人去人忘，看来也是有原因的。牛轰轰说过，世上没有无缘无故的恨，也没有无缘无故的爱。

一想到那些退休的老头儿，王伟心里便慢慢平和了。

要说不平和，还是出自于牛轰轰调来后。那时牛轰轰不叫牛轰轰，而是叫牛得草。这名字起得有水平，人也长得不赖。要是新兵，肯定是要被选去当公务员的角色。但从外地入京，来到王伟工作的部门后，平静的办公室一下子不平静了。

首先，是牛得草这个人，不像机关干部那样稳重。机关楼不乏将军出入，没有谁敢大呼小叫的，大多数人连走路都蹑手蹑脚，多次被王伟的老婆讽刺为阴气重，男人们不像个爷们儿。可这个牛得草来后，不但说话咋咋呼呼的，下了班在敢楼道里高歌一曲，带点美声。

王伟是老干事，便提醒牛得草。牛得草说，下了班，谁还管你唱不唱歌，这个机关也太没生气了，俺要给它增增色。

王伟听后就不再说了。

牛得草也不在意。他经常一身名牌，自己开着私家车，晃晃荡荡地去了。到了第二天一早，开车进院，往楼下一停，到了办公室再换军装，整个机关楼好些年都没有这种做派。

于是，不久，机关一些带长的，看着牛得草就觉得有些不舒服，有个长还说，这小子没大没小的，见了领导也不打招呼。

另一位带长的说，也是，学生官嘛，得慢慢锻炼。

等时间长了，大家慢慢熟悉了，王伟从牛得草的成长出发，又提醒他。

没想到牛得草并不在意地说，法律和条令条例上除了要求人要服从命令，也没有写一定要尊敬领导啊。

一句话，把王伟顶回来了。

其次呢，牛得草上下班极准时，来时不差一秒，走时也不多一分。上班时也认真肯干，分管的一摊事，收拾得井井有条。

这没什么。机关最多的事就是加班，虽然没有额外收入，但加班是家常便饭，月月有，年年有。大家没觉得奇怪，无非是能干的，写材料多的，加班的次数也多。不写材料的，有时也得来充充数。领导的话是，加班是对工作的承认，有事干嘛，说明存在的价值。

王伟就是这价值链上重要的一环。由于善于把汉字进行排列组合，他加班的次数也就格外比大家多。他也觉得自己是一个普通人家的孩子，能在机关这样水深的地方扎下根，蛮不错了。还挑什么呀。

但加班到了牛得草这里，就成了个问题了。往往一提到加班，牛得草就说，劳动法规定要付薪酬，到时谁出呢？

这话让王伟的领导何处长不舒服。多数人提到加班都没有废话，你一哆嗦，大家便有想法了。但不舒服归不舒服，何处长也无话可说。因为牛得草分管的工作还是干得不赖，没有误过事。

何处长叫何必。这个名字刚好是牛得草的口头禅。有时领导讲话要写个程序，他一边干一边来一句"何必呢"，外人以为是要问何处长在哪里呢，而牛得草的意思是机关许多事是没有必要的。比如下发了通知，领导还要在大会上念一次，牛得草就说，何必呢？再比如，各个业务处都要下通知，都要开会，都要基层报材料，牛得草说，放在一起开便得了，何必呢？又比如，一到年终岁尾，大家一窝蜂地到基层调研，一个部门一个组别，搞得基层手忙脚乱，要写好几份汇报稿，中间又有重复的，牛得草说，一个部门选一个人，聚在一起去搞个调查，听个汇报就行了，何必呢？

牛得草一口一个"何必呢"，让何处长听到了，有些不高兴。他便对牛得草说，小牛啊，你要注意呢，这是军营，军营有军营的规矩，有军营的纪律，不能松松垮垮的像老百姓！

牛得草便说，领导放心，我是逗他们玩儿呢。大家一天到晚坐在办公室，没有生气，我给他们换换脑筋。

何处长就不好再说什么了。反正人家牛得草的工作，也干得不错嘛。

再次呢，就是休息时或聚会时，牛得草不像其他人那样谈工作，而是谈经济，论股市，说基金。虽然军人明确规定不能炒股，但买基金就像你在银行存钱一样，没有明确的限制，还是可以买的。王伟发现，一到发工资时，有许多人坐在银行的窗口，拿着证件，办张银行卡，说买基金，把银行的工作人员高兴得了不得。本来吧，军人的工资并不高，姑娘们都不愿嫁过来；近几年稍涨了后，才稍微与地方接轨，显得待遇好了些，喜欢军营的姑娘们又多了。

牛得草的看法是，哪个地方漂亮的姑娘多，说明哪个地方的经济效益好，有钱。

虽然他说的只是一家之言，但王伟观察了好久，觉得有些像那么回事。

现在，机关干部们好不容易有了点积蓄，遇上牛得草来了，大家听得最多的一句话是：快去买基金，不买会后悔。

王伟开头也不知什么叫基金。机关搞材料的，写得、听得和说得最多的，是军队建设要服从和服务于经济建设大局，军队要忍耐，要奉献，所以关于股票啊、期货啊，好像不是营区里的事。

现在，牛得草这么说了，而且这么身体力行了，不时能请大家撮一顿了，大家也见到效益了，心便慢慢松动了。

王伟却还是犹豫。

牛得草便给大家列了个单子，什么南方绩优、中信红利、长信增利、长城品牌的，说只要买，便可以让大家迅速致富。

办公室里的干部，基本上都和王伟一样，有过在基层当兵的经历，提干以后，也是在营区里转来转去，地方的事，多半是从报纸上看，从亲戚朋友口中听，所以干啥事都讲究稳。不像牛得草是大学生干部，一入伍就是准学员，没有在基层工作这种经历，起初大家觉得牛得草像托儿。

办公室的易果果干事说，牛得草，你不是银行的托儿吧，有提成？

牛得草说，易姐啊，你怎么能这样看我呢？银行又不是我开的，我也没有亲戚在银行，还得靠提同事的成来过日子？

易果果说，看起来像。

牛得草说，得了吧。你不买，早晚会后悔。买得越迟越后悔。不信走着瞧。

牛得草这样一说，大家有的无所谓，有的有所谓。听进去的，下班后便跟着牛得草去买；没听进的，不当回事。

没想才几月，办公室便热闹了。

易果果说，得草，三个月过去，我买基金赚的钱，竟然比一个月的工资还多！

别的办公室吴助理刚好过来办事，漏了嘴说，就是就是，我也听他的买了，嘿，两个月挣了三万，是我半年的工资哩。

吴助理一失言，大家便嚷着要请吃。

王伟的心跳了一下。我的天，三万啊！他有些不相信。

真的吗？

真的。

那就得打土豪了。

吃饭当然是集体进行的，办公室有反对吃独食的习惯。吃饭时，牛得草便成了中心人物，大家谈论什么都很新潮，很前卫，让王伟感到身上发热。

牛得草也没啥顾忌，毫无保留地宣扬起自己的致富路。

牛得草夹了一块肉塞进口里说，我早就跟大家毫无保留地说了吧？你们要早听，还不止这些。要不，我的车是怎么买的？不瞒你们说，我还准备贷款买套房子。在单位等到什么时候才能排上队啊？艰苦朴素绝对要讲，但时代变了，我们也得跟进。现在不买，以后房价更高，别听人家忽悠；如果买房自住，什么时候都不贵。要想等房价降下来再买房，那你永远会买不起房……

牛得草喝了一口啤酒又说，看着吧，国家的经济看好，连续增长几十年没问题，股市还不跟着走？股市一上扬，基金跟着跑步前进，没得错的。

牛得草放下筷还说，北京是全国人民的北京，快要成国际大都市了，全国几千个县，每个县有两家在北京买得起房，再加上山西的煤老板、温州的炒房团、海归们的刚性需求，那得多少套？拉动的 GDP 该有多少？

牛得草一说，大家便鼓掌，便称是。

易果果说，希望国家的经济实现更好更快的发展，让改革开放的成果更好的惠及咱们老百姓。

大家便开始为国家的经济发展互相祝贺，互相敬酒。

这样一来，场面便热闹起来了。

王伟发觉，大家的中心开始转移到牛得草头上了。而过去，无论到哪里，除了领导在场外，他才是中心，才是大家尊敬的对象。

回来的路上，王伟的心中空空荡荡的。

有次饭后，大家都走了。王伟坐牛得草的新车一起回，在路上，他对牛得草说，你这样唯经济论不好。

牛得草说，什么不好？

王伟说，部队是打仗和准备打仗的地方，军委总部都杜绝搞生产经营了，你这样提唯经济论，认为经济就是中心，是错误的。

牛得草说，我关心国家大事，又没有误工作，有啥不好？

王伟无言。的确，牛得草人年轻，学历高，脑子活，无论是搞计划还是搞活动，无论是鼓捣电脑还是设计流程，很有一套。

他们一路回来。牛得草的"广本"车放着《我的未来不是梦》，牛得草跟着 CD 中传出的声音一起大吼大叫，看上去很快乐。

夜色中，王伟看着熟悉的城市，仿佛觉得非常陌生。说是在首都生活，其实关于新闻与资讯，不过仍是从电视和报纸上获得的。有时，他自己连网络也不感兴趣。起初学会上网那段，觉得网上聊天很有意思。可有一天，与一个网友在局域网聊得特别开心，以至两个人在网上骂谁讲谁时，还觉得非常投机。有一天，王伟去隔壁办公室办事，一位同事的电脑没有关，他无意看了一眼，竟然是一起写材料的小麦。他偶尔骂上一句谁的话，都从小麦的嘴里过了滤，不知怎么的就传了出去。好在小麦不知道是跟他在聊，要是知道，机关还不传遍了。

从那以后，王伟再也不上网了。他觉得那是浪费时间。

他要干的日常工作，便是写材料。日子也便在文字材料中一路奔走，悄悄地写弯了腰，慢慢地写白了头。

搞文字材料其实是相当寂寞的一件事，一般需要一个人，在安静的时候进行。但机关楼一天到晚迎来送往，热热闹闹，总是静不了。王伟起初向领导反映要一套稍大一点的房子，单位主要领导也觉得他是应该有一套可以方便写材料的房子，大笔一签，可报告到了营房处，总是见到营房处长的笑，就是找不到房源，也便没有了下文。一来二去，几任领导签的字也便躺在那里，像废纸一样。王伟就再也不找了。他不得不学习闹中取静，练就了在闹中写材料的本事。无论是几个人在办公室聊天说地，只要不与他讲话，他也能思路如一。

一个人材料写久了，心就渐渐封闭了。机关更多的是应酬，上面来人的，下面来请的，他们起着承上启下的关系。因此，谁善于搞好这种关系，谁的生活就过得比较滋润。

王伟自始至终没有感受到这种滋润。领导以为他喜欢写材料，同事觉得他能写材料，群众从来就不看重材料，所以，王伟便渐渐在办公室感觉到了孤独。好像他心中有事，具体是个什么事，他说不清楚。又好像他这个办公室最老的干事中心位置有些不稳了，具体怎样不稳，他同样说不上。

往往一到下班时候，同事们簇拥出去吃饭，他便心虚害怕起来。他不是不喜欢热闹，但热闹离他越来越远；他不是不能与大家融到一起，但真正到了一起，又觉得有隔阂。大家都在玩，玩得那样自如，而他呢？等大家热闹完回去睡觉的时候，他还得到办公室加班。无论是不是自己分管的事，反正别人的材料过不了关，无论是标语呀，报告啊，总结啊，请示啊，专题片啊，社论啊，通讯啊……只要领导觉得不顺，就批到他这里来。好像挨训的总不是分管的人，而是他自己。

王伟有时想：凭什么呢？

牛轰轰说，凭什么？就凭能者多劳，凭你会干，嘿嘿。

这个"嘿嘿"之后，好像有意味深长的故事。王伟想探讨，又找不到边。他后来明白了，其实呢，牛轰轰活得比谁都明白，但他外表上，总是显得并不明白。

这是这一代人的长处。要按兵龄，王伟的兵龄快赶得上牛轰轰的年龄了。一个有着二十多年兵龄的人，思想上的成熟，怎么就比不上一个二十多岁的人呢？

王伟有时带这个疑问一个人在办公室加班，同时不停地叹息。眼前跳跃的一个个熟悉而又陌生的文字，好像渐渐地把他的材料人生挤得又长又扁。抬起头来，只有头顶的那盏灯，在静静地看着他渐渐发光的脑门。

日子过得琐屑而漫长。如果不是牛轰轰这样的一些年轻人到来，机关永远就像一个格式，等着人们填空，看上去波澜不惊。因为，几乎所有的领导同事，看上去都是一个面孔和一种表情。

但即使是同一种面孔和表情，也让王伟看不透。谁也不知道谁的心里究竟是怎样想的。一年又一年，一季又一季，一茬又一茬，花开又花落，机关楼的墙体颜色，越变越灰暗，机关的人们，来来去去变变换换，但人们的脸上，似乎看上去永远只带着冷漠的笑意。

3

牛轰轰来后，喜欢组建饭局。

饭局，原是机关的一种诟病。机关大大小小都有点权力，请的人自然多。基层请机关的，机关还要请机关上面的，一层又一层，有的叫团拜，有的叫看望，有的叫走访，有的一年才一次，属人之常情。不过到了年终，领导都要强调廉政，强调多次后，领导也没办法，自己都为请吃和吃请发愁。

王伟单位自从来了新的政委后，情况发生了变化。政委是从总部来的，决心要刹住这股风气，机关的饭局便停止了一阵。风头过去后，渐渐由地上转入地下。

牛轰轰说，我们既不请别人，也不让别人请，立足于处室内部消化，这样既可以联系大家的感情，又可以改善大家的生活，既不用公款消费，又不要基层报销，能有什么事？

起初，处长何必也提出反对，说吃饭耽误工作。特别是大家喝酒，有时嘴不把门，话不关风，说出来时常常变味，原则容易丧失。

牛轰轰说，何处放心吧，工作期间，我们一不喝酒，二不说过头话，一切紧跟党走，一切对首长你负责，你就放一百二十个心。

大家也提出，可以适当考虑。反正是午餐嘛，大部分人的家都不住在单位，中午怎么也得吃饭，再说也有休息时间，就是聚一聚，又不花公款，领导还管得这么严啊？

大家这样一说，何必也就不好说什么了。只是提醒大家中午不要喝酒。

牛轰轰对王伟说，饭局的最大好处，就是办公室里许多不能交流、不能讲述、不能身体力行的事，下班后可以借饭局熨平。

王伟想也没想，随口说是。

但参加几次后，王伟便觉得饭局也有烦恼，你去吧，也不能老是吃别人的，还得回请一下别人是不。你不去吧，显得不团结，显得有些异类，显得不合群，时间一长，自然就从小圈子里出局了。而这样的饭局，随着国家经济形势的整体走好和大家在银行里买的基金指数渐往上涨，也渐渐多了。

起先，领导何必坚决不参加群众活动，因为一参加活动，大家往往便要趁着酒劲，把在办公室里不好提的想法，比如立功呀，晋职呀，顺便提出来，让他不好应付。

后来，大家改了议题，不谈工作上的事，开始与经济拉上了关系，忽然发现天地很开阔了。特别是大家跟着牛轰轰尝到了甜头后，既避开了股市大跌时被套，又跟着牛市时及时跟进，个个开始对牛轰轰改变了看法。

易果果说，你这个伢，我原来觉得你油嘴滑舌的，现在倒越看越可爱。

易果果也算是机关有些背景的人，她这样一说，大家便附和着说是。

从此，大家便轮流做东，打破牛轰轰一人请吃的规律，大家跟着请。

不知怎么的，谁的嘴不严实，让领导何必偶然听到了，他起初是开会，教育大家说话呀做事呀，要守纪律，守规矩，自己暗中却对他们的午餐会产生了浓厚的兴趣，非要跟着牛得草投点资，很快也尝到了甜头，便喜欢参加群众活动了。

尝到甜头的领导，要大家扼守两条：一条是不准耽误工作，谁误了严惩不贷；第二条是不准在办公室上网，严防泄密。

牛得草说，我们都是在家里上网呢。

易果果也说是。

反正家里的电脑都不带办公室的文件，小活动便进行下来了。

大家还发现，以往不带领导，想说什么就说什么；中间带了领导，嘴还客气着；最后即使带领导，还参与分析行情，便彻底融在一起了。加上领导何必在外认识各界人士比较多，有时还主动给他们打个电话，问一下政策走向，比如，存款准备金利率是不是要上调呀，房价是不是要打压呀，银行放贷是不是要收紧呀，费税优惠政策是不是要取消呀……

别看这一问，就那么几句话，可人家问的对象站得高，看得远，轻轻一点拨，大家对市场的估计也就趋准了。不用说，大家在银行的虚拟数字，也渐渐地突飞猛进了。

易果果说，天啊，我把全部的存款投入基金，这一下就涨了快十万啦。

易果果说话从来不藏着掖着，直来直去。她一说，其他人也露了底。有些人的底露得不深，但总的感觉只有一个，那就是大家开始发财了。

这个财，是牛轰轰调来后带来的。以往大家只感激王伟教他们写材料，做文章，现在牛得草教他们如何生活，好像两个都要，但后一种更刺激。因此，大家对牛得草的看法，从不习惯到习惯，从习惯到欣赏，慢慢地变成了崇拜。

牛得草，也就这样在办公室站稳了脚跟。大家便干脆给他起了个更响的名字，叫牛轰轰。

牛得草也不介意，响脆脆地答应，哎……

4

对于大多数机关干部来说，机关的日子有时是要以年度来算的。每天吧，写不完的材料，学不完的讲话，干不完的活，熬得三更灯火五更鸡的，但到了年终，脑子里一总结，到底写了些什么，突然间还说不上来。等到新年一过，一切又周而复始，没什么两样。在这种平淡如水的岁月中，脾气渐渐磨没了，白头发慢慢爬上顶了，腰杆子悄悄地弯下来了……

日子平平淡淡地行进着。副团职干事王伟有天突然发现，按照以往的习惯，他是要每天坐下来写点东西的，可渐渐的，灵感不知怎么的就少了。

这是个不好的苗头。王伟这样想。因为，写材料虽然不像写小说那样要灵光一现，但有时，材料也是需要灵感的。写得顺时，一天能写一篇大材料；写得不顺时，一天总是开不了头。即使开得了头，写一段也非常费力，连自己也不满意。

材料开不了头，王伟的头便大起来了。

记得刚进机关时，已升职的领导和已转业的领导对他们讲，机关嘛，文字必须过硬。机关干事、参谋和助理员，是党委的嘴与腿，是具体来落实的。首长的决策要靠机关来执行和落实，因此一级要对一级负责，出台政策规定、措施办法，如果连文字都过不了关，其他的关还能过吗？

领导这样一讲，提升机关干部能力素质的问题，永远成了最重要的问题。因此，机关的培训从来没有断过线。从副连职干事干到副团满三年的干事王伟，也从台下的听课人熬成了台上的授课人。他有一天猛然发现，机关有什么变了呢？除了机关楼更漂亮了，办公条件更好了，电脑升级换代了，机关的领导和干部要么提升了，要么转业了，可不变的却也有很多啊，工作性质没变，文风会风没变，运行规律没变。特别是文风会风不变，作风还能改得了吗？

三年的副团，王伟熬也熬得头发变稀，脑袋都成飞机场了。多少正团比他还年轻，就是同一层次的副处长，有的也比他年龄小。每次研究一批干部，他都暗中抱有希望，觉得这次会十拿九稳，应该提拔了。可一宣布，他的名字好像总是漏网之鱼。

当别人都在庆幸和庆功时，留给他的，只有丢在风中的叹息。

有一天，牛轰轰对王伟说，团副，光写材料没什么用，不跑跑，不找找，材料写得再多也白搭！

已习惯了被大家叫"团副"的王伟一怔。很久，他才说，你见过吗？

牛轰轰笑了说，没吃过猪肉，总见过猪跑吧。

那时，王伟也知道了牛轰轰是世家出身的，对他说话的方式也适应了。不适应又能怎么办呢？这些年机关进人，世家的多，公子驸马的多，七大姑八大姨的也不少，还要拐着弯抹着角的，也不是什么奇事怪事。机关大了，前景也开阔，不像原来那样在基层挤破头，都想进来也是一件正常事。

再说了，这些年新进来的人，虽然是关系户，但与过去进的那些关系户相比，却有本质的不同。比如说吧，这些人出身世家，从小就受到父辈的熏陶，对环境的适应力比一般人强；这些人从小得天独厚，受到了良好的教育，无论是学历层次还是思维水平，比一般人都显得出类拔萃；这些人人脉资源广泛，到机关办个事，协调个关系，比一般人方便优越……

关系户的能力素质，既然比一般进来的人强，为什么就不能进关系户呢？有一天，同样是毫无关系基础一步步从基层干上来的处长何必，也这样教育大家说。

大家便无声了。特别是那些总是看不起关系户的人，把自己与关系户的学历、年龄、能力、素质甚至心理气质一比较，便不得不承认，机关这些年的关系户，水平非一般人能比了。

牛轰轰有些不同。虽然他也是世家，也归类于关系户，但他进机关后，好像并不把机关太当回事。

牛轰轰说，都是干工作嘛，什么关系不关系的，干得好就行。

牛轰轰还说，出成绩最重要，完成任务最重要，领导认可最重要，管他有没有关系。

牛轰轰的话，一般都能得到大家的赞同。但也有人听得不舒服，说牛轰轰这种看法有问题。

为此，何必提醒过他，王伟也提醒过他。

何必说，还要考虑到实际，考虑到群众的感受。

王伟说，机关最大的事是要讲政治，政治上出问题，不打就倒。

牛轰轰说，机关就是为基层服务的，基层把机关看得过高，还不是因为屁股下这个位置的问题，并不是脑袋里的水平问题。

何必处长说，机关也要树立形象啊。

牛轰轰说，形象是在实践中形成的，基层不看机关怎么说，而看机关干部怎么做，怎么创新发展，怎么解决基层的实际问题。但谈到工作的评价，我与你们不一样，什么叫满意？领导说好才叫满意，群众说满意的，领导就一定认可吗？

看上去，牛轰轰对处长和团副王伟的话不以为然。何必处长除了提醒提醒他外，也不便再多说什么。因为牛轰轰的那一摊工作，以易果果的话讲，是"杠杠的"。

王伟也不得不承认，牛轰轰的工作一样没落下。起草文字材料，组织召开会议，安排教育学习，开展实践活动，挖掘典型经验，工作汇报总结，没有一样比别人差……

王伟觉得自己这个老机关快要落伍了。

他唯一对牛轰轰看得不太习惯的，就是饭局。

每到工作之余，牛轰轰最大的爱好，就是下班前呼朋唤友，开始约大家找地方聚会，喝点小酒热闹热闹。

对于坐了十多年机关的团副王伟来说，这一点是极不正常的，简直太不符合机关干部的形象了。在他眼里，如果一个年轻人只知道吃吃喝喝，不好好坐下来研究问题，看上去哪里还有军人的影子？哪里还能打胜仗？

既然是老同志，王伟便有心给牛轰轰拉拉袖子。

有一天，王伟看到牛轰轰又约人吃饭，便说，你也坐下来研究研究问题，在机关，屁股坐不下来，这叫浮躁，干什么也白搭……

牛轰轰说，团副，谢谢了。你不明白吗？我们的路不一样，你那些早过时了。我说一句，你可别生气。我首先是尊重你的，你的敬业精神，你的宽厚为人，你的文字水平，都值得我学习。可我想问你一下，你觉得你写的材料，领导喜欢念吗？即使念了，群众喜欢听吗？即使听了，作用有可能发挥吗？我就觉得吧，机关的材料，都是四平八稳，都是新八股，今年与去年差别不大，简直是在浪费森林，浪费青春，污染环境……

王伟咯噔一下，脸变了。牛轰轰突然也打住了。

他意识到团副的脸涨红了，便迟缓了一下说，老王，你别以为我不尊敬你。我其实对你还真是挺尊敬的，因为你敬业嘛，是劳动模范，不过你得解放思想，现在年代变了，观念也得跟着变啊……

王伟的脸还没放下来。

牛轰轰觉得自己说得有点过了，便起身给王伟续上水说，老王，我觉得你也要改改啊，你看你，颈椎病、腰椎病、血糖高，还时不时地感冒呀，失眠呀，身体是自己的不是？我这是关心你呢……

王伟的脸稍有缓和了。

牛轰轰说，团副，我觉得吧，你辛辛苦苦二十多年了吧，除去当兵的那几年，上军校的那几年，在基层工作的那几年，坐机关也有十多年了吧，我们能不能就把机关的作风、风气改一改变一变呢？

王伟舒口气说，文风会风，好像不是一下子能改得了的。

牛轰轰笑了笑说，总得有人开头，对不对？

牛轰轰说，如果有可能，我就想做第一个。有句话说得好嘛，我不下地狱，谁下地狱！

看到王伟的脸正常过来了，牛轰轰这才下班走了。他总是这样，甩下一堆话，让王伟陷入怀疑与胡思乱想中。

王伟有时也挺生气，不过仔细一想，他的气便平了。遇上牛轰轰再这样说，他便说，我啊，一个农民的儿子，能与你们这样的人在一起工作，是我的幸运，还能计较个啥。

牛轰轰也不谦虚，说，团副，那是那是。不是谁都能到这里来工作的，就是我，进来也找了不少人，谁叫我从小都叫他们叔叔伯伯呢？就是这样，也费了不少劲。你不知道啊，我在基层工作时有多忙！你们机关谁一个电话，一张嘴，我们就得跑断腿啊，过的全是两眼一睁、忙到熄灯的生活，我都二十六七岁了，连个老婆都没有，正常的生理也得不到满足啊。为什么？在基层待了三年，没时间恋爱啊！再说，即使对上一个，人家觉得基层的干部，以后路子越走越窄，不愿跟咱啊……

王伟觉得牛轰轰虽然毛病不少，但至少为人很坦诚，有什么说什么，比起他们这一茬的老机关，什么都闷在心里，憋得死人那种状态，不知好多少。大家看上去，风平浪静的，但一遇到利益问题、升迁问题，总是暗中使劲，搞得大家不仅工作累，心也累，下班到家，就想睡觉……

为此，王伟有时就独自感慨，像牛轰轰他们这些年轻人吧，虽然说有关系，但个人的能力也不赖。毕竟是出身不同，起点也不一样，除了不熟悉情况，一旦熟悉了，干什么像什么。再说，机关有时协调个事，他们有七大姑八大姨的关系，有些事就不是个事了，有些难事就是个简单的事了。比方说吧，有时牛轰轰拿起个电话，叫上对方一声叔呀伯的，事情也能迎刃而解，不得不令人刮目相看。

王伟家属安排工作的事就是这样办成的。

虽然他正连时结的婚，可到了副团，老婆从外地随军来后，工作的事就是解决不了。多次找领导，领导也找地方上的人吃饭，结果地方上的人都是嘴上说得好，可嘴一抹，屁股一抬，老是说等等，结果事情总是得不到落实。

牛轰轰来后，有一天听同事们坐在一起谈到此事，他也没与王伟商量，拿起来电话打了一圈，乖乖，一个星期不到，王伟老婆的工作便搞定了。

王伟拿到聘用通知时，还发愣。等回到家，给老婆一亮，老婆原来在老家是有工作的，这几年没有工作，老是觉得低人一等，因此眼睛立即直了，接着泪水便流无声地流了下来。

接着，王伟的老婆坚持要请牛轰轰吃饭。

王伟说，也是，得感谢人家一下。

两个人便商量在哪里吃。

老婆说，得找个像样的地方，比如说净雅……

王伟说，那地方太贵了，我去吃过，一餐饭，没有几千，根本吃不饱。

老婆说，人家帮忙办了这么大的事，你还小气啊。

王伟说，不是小气，是那地方太贵了。

老婆说，再贵也得请，让人家看得上咱嘛。

争执了一会儿，王伟妥协了。

第二天，到办公室一说，牛轰轰说，团副请吃饭？好啊。得好好勒索勒索。

王伟说，你嫂子讲到净雅吃。

牛轰轰笑起来，去净雅？那里净是雅的，太没意思了吧？还是去你家里吧。

王伟说，你小子怎么了？平时对吃什么和到哪里吃都挺讲究的，今天不讲究了？

牛轰轰说，那要看什么事，是吧？嫂子请我吃饭，当然要去。不过，我听说嫂子的面条做得好，就到你家里吃一顿如何？

王伟明白了，这小子是在给自己省钱呢。既省了钱，还不伤自己的面子。

王伟突然心生感激。看上去，牛轰轰天天讲品位，逐潮流，内心还是挺善良的。

牛轰轰说，我一个人去还不行，按照你平素不吃独食的习惯，我们办公室的人都去，行不行？

王伟说，那好啊。就是房子小了点。

牛轰轰说，都是同事嘛，又不是相亲，要露露富，房子大与房子小有什么关系？

晚上，他们来到王伟家，挤了满满一桌。王伟本来想叫上处长何必。牛轰轰说，他就算了吧，别看他与我们打成一片，但领导毕竟是领导，我们乐我们自己的。

王伟又明白了，这小子是在给领导面子呢。何必好几年要办和想办的事，都没有办成，现在牛轰轰办成了，小子可不想与领导争功呢。

王伟觉得牛轰轰其实是个有心人，并不像外表那样满不在乎的。他想，这个小子有前途……

他们来到王伟家里，喝酒，喧哗。

轮到王伟的老婆敬酒时，这个快四十岁的女人双眼一红，泪先下来了。

她说，小牛，感谢你们呀。我在家待了这么多年，像个闲人一样，快被社会忘了。

牛轰轰说，哪里哪里啊，你在家也是做贡献嘛，团副军功章里有你的一半啊，没有你在家任劳任怨的奉献，为他解除后顾之忧，消除后墙起火，哪有我们处的工作政绩啊？大家说，是不是？

易果果说，那当然。团副是我们处的顶梁柱，虽说没带个什么长的，但大家心知肚明，对他尤其尊重啊。

易果果一讲，大家便跟着一起说起王伟的好处。

这一说，不但说得王伟老婆的泪水兮兮，连王伟自己，也鼻子发起酸来。看来，老领导曾对自己讲过的那句话，也是不假啊。

老领导转业前，对王伟说，虽然你没当官，但在机关，做一个好人永远比当一个官好。无论到哪里都一样。

老领导能力也很强，但由于属于早先那拨提干没文凭的干部，一直提不起来，最后在处级这个位置上，一干就是五年之久。最后，他想通了说，不能压着你们了，再压着，你们都升不了，都会恨我了。

老领导提出了转业。

部里正好不知怎么来安排呢，客气了一番，就让老领导走了。铁打的营盘流水的兵嘛，干到将军的毕竟是少数。再说，不想当将军的士兵不是好士兵，也不像以往那样喊得响了。

老领导一走，大家以为何必肯定会接班。但机关就是这样奇怪，宣布命令时，来的竟然是外单位的人！

外单位的人当了处领导，大家好久打不起精神。何必当时也有想法，有话没处说，天天一下班就回家。

老领导到家里来了。他对何必说，人嘛，不要在乎一城一池的得失，眼光要看长远点。又说，不要急，你能力强，解决是迟早的事。

何必说，俺就是有些想不通。

老领导说，从我身上，你就应该想通啊。谁都有这样的时候，早有心理准备总比晚有好。

老领导一说，何必就不好说什么了。

何必就问，工作安排的事怎么样了？

老领导说，现在地方上的，都是年轻人，高学历，我们下去，比不过人家啊。工作也不好找，地方上四处都是人，哪里安排得过来？

一个单位的同志，都干得好好的，突然被外面的来的转业干部挤到一边，也不是个滋味。我就琢磨，实在不行自主择业算了，也不为难国家啦。

何必说，没有工作，哪行啊？

老领导说，我们在部队干到四十多岁，政工干部的路窄，到地方发挥不了专长，自主择业也是个办法。

两个人便喝酒，叹息。喝到中途，打电话叫来了王伟，三个人一起喝，喝着喝着就醉了。

王伟发现，老领导流了泪。

老领导从此不再到机关来上班。以往，每天一早，他的办公室的门都是敞着的，晚上也经常是亮着灯的。

来接任老领导的人，也仅是到单位报了个到，听说又去深造了。以后，工作就暂时由何必带领着，说是代理。一年过去后，外来的领导学习期满了，又平调到更好的单位去了，何必这才转了正。

转了正的何必请老领导来吃饭，此时老领导已真的办了自主择业手续，到外面开了个茶店，自己单干了。

他们不再提升迁的事。大家喝酒就是喝酒，喝到中途，又叫来王伟，王伟思想上从此就有准备了，他仿佛看到了自己的未来，也许有这么一天，他就是何必，再有一天，他就是老领导……

他们喝着喝着，老领导突然唱起了军歌。唱着唱着，老领导便流泪。

何必说，你醉了。

只有王伟知道，老领导没醉，他是太清醒了。

王伟便觉得身上有了秋天的寒意。

现在，王伟由一个小干事变成副团职老干事，听着同事们念叨着他的好，他仿佛觉得，自己的人生方向没有错。多少人讲当兵就是做奉献，就是牺牲，那多半是指打仗的时候，其实在和平年代，当兵有时也是养家糊口的一种方式嘛……

牛轰轰说，今天嫂子上班，我们要庆贺，我们也要庆贺军人的生活以后会越来越好。

易果果说，那当然，军人没有和平期，只有打仗和准备打仗这两种情况，真正战争来临了，谁能退缩谁又敢退缩？死则死矣……

牛轰轰说，你别这样说，这样不吉利。打仗就得打赢，生死置之度外嘛。

另一位同事说，就是就是，俺还希望打仗呢。国威军威就是打出来的。

王伟说，怎么又提到打仗上去了？今天不提打仗。

牛轰轰说，对对对，不提打仗，不提打仗，喝酒喝酒……

5

牛轰轰刚把车停在办公楼下，突然看见了部门领导。

部门领导说，这是你的车？

牛轰轰说，是。

部门领导盯了他几秒钟说，不错，比我坐的车还好。

牛轰轰说，哪里呀，你坐的是……

领导打断他的话说，一个月的油钱也不少吧？

牛轰轰说，私车嘛，当然花费不小。

部门领导说，开车要小心呀，军人开车要是出了个什么事，影响就不好。

牛轰轰说，领导放心吧，我都开了多少年了，没事。

部门领导说，没事就好，我是说要注意。

牛轰轰说，肯定注意，宁慢三分，不抢一秒嘛……

部门领导又看了看牛轰轰的头型，再看看他身上穿的名牌衣服，又盯了盯他脚下的皮鞋，说，你们年轻人，比我们那时生活得好呀。

牛轰轰说，托国家的福，托改革开放的福，托党的福……

部门领导突然咧着嘴笑了。

牛轰轰不知领导为什么会笑。平素，室里室外，部门领导多严肃呀。

好在此时，部门领导的车来了。牛轰轰连忙走上前，帮部门领导拉开车门，一只手扶门，一只手放在边上，来了个请的姿势，部门领导也不谦虚，上车便一溜烟跑了。

牛轰轰站在那里，有些发起呆来。他突然觉得，部门领导这几句话意味深长。

不过，牛轰轰也就那么几十秒思想定格，一会儿，他出现在办公室时，还是一脸阳光的笑。

易果果说，我就觉得你的笑比较阳光，有军人味。

她转头来对王伟说，你说呢？

王伟说，那当然……是的，他很帅。

大家便哈哈笑起来。

6

到了年关，干部处的金申通给王伟发了个短信，说自己请个领导吃饭，让王伟参加陪酒。

王伟回了短信说，我喝酒不行，你又不是不知道。

金申通说，我不管，一定得参加。

王伟知道金申通的个性，便去了。去了之后，才发现自己部门的一个副职领导也在，还有总部机关干部口负责任免的秦干事。

王伟立即觉得有些后悔，但脚伸进了门，再出来也不是办法，便进去了。

副职领导说，小王也来了？

王伟说，首长好。

王伟也认识总部机关那个管任免的秦干事，老乡会上见过几次，便过去握手。

秦干事说，老王来了？这可是个大好人。

一个叫他小王，一个叫他老王，王伟自己都觉得好笑。

酒才开始，王伟便发现了饭局的原因。原来，金申通之所以请领导吃饭，是他的顶头上司兼朋友刘快递面临升职，副团任职满三年，想要一个位置，请领导开恩呢。

王伟心里打鼓了。因为他的任职也快满三年了。

刘快递说，各位领导，我喝了这杯，先干为敬。

部门副职领导脸上没有任何表情，秦干事倒是乐呵呵的，也一饮而尽。

王伟很快就搞清了这中间的关系。部门副职领导是刘快递父亲的老相识，秦干事是王伟的老乡，金申通是王伟的好友，而刘快递又是金申通的同事，他如果一提升，刚好有一个副处要调动，金申通便顺利接班。

这个方案看上去天衣无缝。

在这个人物链条中，本来没王伟什么事，为什么叫他来呢？

答案很快就揭晓了。

秦干事说，王伟，你是我请来的。

王伟看着这位平时不怎么来往的老乡，怔住了。

秦干事说，你是老好人，在机关是出了名的，我们好长时间没聚了吧？

说着，秦干事转过头来，对着王伟他们的部门副职领导说，首长，你说对不对？

部门副职领导挤出一丝笑说，对对对。

王伟还是不明白。

部门副职领导端起酒杯说，秦干事，我敬你一杯，感谢你去年的帮助。

秦干事说，首长交代的事，办好就成，首长满意就行，是我应该做的。

部门副职领导说，我干了。

秦干事脖子一仰，说，我也干了。

部门副职领导虽然职务比秦干事高半截，但秦干事代表的是上级机关，两个人也客套起来。

秦干事喝完了后说，首长啊，我这个老乡，你也要多关照啊。

王伟鼻子一热。

部门副职领导说，那是当然，那是当然。

大家便互相敬起来。金申通赶紧说，秦干事啊，我们刘快递的事，你也多费心啊……

部门副职领导撇了金申通一眼。金申通嘴像咬了一块铁钉，生生打住了后半截。

好在，秦干事马上又敬部门副职领导一杯，这话便彻底打住了。

部门副职领导说，秦干事，我还有事，先走。你们喝着。

秦干事说，首长忙，理解理解。

部门副职领导看了大家一眼，热烈地握了握手，走了。

他一走，大家喝得更热烈。话也不再遮遮掩掩，从桌子底下端到桌面上来说了。

王伟越发觉得自己来得不是时候，于是他装作上厕所，跑到过道上抽烟。

正抽着，后面有人用力拍了一下他的肩。他吓了一跳。回头一看，是秦干事。

你怎么跑出来了？

老乡，我说你呀，太老实了。

秦干事也点了一根烟说，我本来也不想来的，是你们部门副职领导打电话，我又不得不来，面子嘛。其实呢，我也知道他们这事到我这儿，不过是走走程序，大可不必让我来吃饭。

王伟说，那你还来？

秦干事说，这就是做人的难处啊。你不来，不合适；来了吧，同样不合适。

王伟说，怎么讲？

秦干事说，去年你们部门副职领导有个亲戚上学的事，我帮了一点忙，他一直说要请吃饭，也打过几次电话，再不来也不好。

王伟说，不是金申通请你吗？

秦干事说，小金人平时还不错，不过比你有头脑呀老乡，他也在为自己着想，刘快递一走，刚好有个副处的位子空出来，他能接。而刘快递的父亲与你们部门副职领导是同一个战壕走出的，再大的领导也得讲点私人感情啊……

秦干事这样一说，王伟便明白了。不过，他还有一点不明白，他们吃饭，你把我叫来，不是多余的吗？

秦干事说，怎么叫多余？我给他们办事，他们也得给我一点面子吧。你这个老乡呀，就是老实有余，进取心不足。我带你来，就是希望他们在关照别人时，也能关照你一下。

王伟说，谢谢。

秦干事说，谢啥。我也知道，你这个人，不喜欢这些。但我听牛得草有次对我讲起你时，佩服得很。我便有心帮你一下。

王伟说，牛得草？

秦干事说，是啊。他是我们部长的外孙。你不知道啊？

王伟说，你们部长？就是准备提拔的那个方部长？

秦干事说，你看你呀，内外关系都搞不清楚，他就是方部长的外孙嘛，调动的事，还是我去协调的。

王伟一下明白了。他眼睛一热，突然不知道说什么好。

秦干事说，别想了老乡，我们进去喝酒。

王伟说，好。他们便进去喝酒。最后，一个个喝得扶着墙回来。

王伟走到机关办公室楼下时，看到上面首长办公室还亮着灯光，他一下子觉得这个地方无比亲切。

7

一年后，王伟到一个基层干休所当了政委，在团副位置上干了五年之久，终于调了正团。而牛轰轰，也在机关当了副处长。

他们的命令是一同宣布的。宣布命令那天，王伟刚好在外出差，牛轰轰给他发短信说，这次解决得很彻底。

王伟还不知道怎么回事，就回短信说，什么很彻底？

牛轰轰说，你得把基金赎回来了，肯定要跌了。

王伟心里一惊，问，为啥？经济发展不是好好的吗？

牛轰轰说，快甩吧。相信我。

王伟说，不会吧，现在报纸都在讲经济形势一片大好，股市还要再攀新高……

牛轰轰说，人们买进时你要看空，人们看空时你要当作利好，快甩吧，千万不能拖。

王伟说，我不在，怎么甩啊？

牛轰轰说，嫂子拿着证件就可以办。

王伟说，那我赶紧给她打电话。

牛轰轰说，好。

他们便挂了线。等王伟回来，股市遇到了黑色的"五·三〇"，办公室的人聚在一起，为王伟与牛轰轰升迁庆贺。

易果果说，好险啊。我还觉得牛轰轰这次的判断可能失误，还留了一点没甩呢。

其他的同事说，我们可都听了牛副处长的高见，真的全甩了。感谢你啊，我们赚了一些。

牛轰轰说，以后还是好好上班吧。基金也有风险。

大家便相互问赚了多少。有人说赚了几万，有人说赚了几千。牛轰轰只是笑，便问王伟，王政委，你赚了多少？

王伟说，我听你嫂子说，赚了六万多吧。

大家便啧啧啧的。牛轰轰只是笑。

喝酒时，牛轰轰说，王政委，这桌子人，只有你一个人说了实话。大家买了多少，什么时候买的，我还不知道？

不过，他缩了舌头说，不说这个不说这个……

王伟也笑了说，是的，不说这个……

大家便又热闹起来。看上去，全处的新老人马，一个个推心置腹的，挺亲热。

8

有一天，王伟开会时碰到了牛轰轰。

牛轰轰说，王政委，还是那样忙呀。

王伟说，牛副处长啊，干休所也不是闲单位，不过与机关比好多了。

牛轰轰说，你是忙人，出了名的。还写诗写小说吗？

王伟吃了一惊，你还知道这个？

牛轰轰说，谁不知道你年轻时因为喜欢写诗写小说出名，才调进机关的呀。

王伟有些惆怅地说，往事如烟呀，早就不写了。当时在机关，材料都写不完呢。

牛轰轰说，有些可惜。

王伟说，人啊，谁也说不清。又问牛轰轰，还在网上写博客？

牛轰轰说，这你也知道？

王伟说，别以为你用个网名我就不知道是你啊。写得不错，别涉密泄密就行。

牛轰轰说，不写了。现在没空，机关在进行保密整顿呢，停了。

王伟说，停止思考呀，有些可惜。

他们互相为对方感到惋惜。便又岔开话题，聊了一些别的问题。聊着聊着，王伟突然打断牛轰轰的话，低了声说，牛副处长，还买基金吗？

牛轰轰说，早就不买了，一心一意干工作。

王伟说，真的？

牛轰轰说，那还有假？不在其位，不谋其政；既在其位，尽职尽责啊。

说完，牛轰轰也放低了声音说，王政委啊，说起来我还得感谢你啊，是你让我知道了在机关应该怎么做人，怎么做事。

王伟不好意思了，谦虚地说，哪里哪里……

牛轰轰说，这不是吹牛，也不是假话，你不信啊？

王伟紧握住牛轰轰的手说，相信相信，我一直都相信你。

　　他们站在一起，握着手，对着太阳大笑起来。透过牛轰轰的肩膀，王伟看到，阳光射在机关办公楼的玻璃墙上，看上去金光闪闪的一片。

舅姥爷的革命生涯

1

舅姥爷决定参加革命那一年，全家都非常反对。原因是舅太爷认为，好男不当兵，好铁不打钉。但那一年黄安的局势由不得他们控制。一九二七年底的一场黄麻起义，彻底让整个黄安县搂着阔太的官爷们睡不着了。他们怎么也想不到，一群手持冲担、锄头、棍棒和镰刀的庄稼汉，竟敢围攻县城，而且赶走了守军。还有一个全部由铁疙瘩做成的飞机，竟然能飞到半空中撒传单，把人们吓坏了：这是"国将不国"的气象啊！飞机从黄安县城上空一过，也就成了古董，后来改名叫列宁号。据说，这是红军的第一架飞机。舅姥爷当时没有见到这架飞机。但民间的嘴，迅速从县城一张接着一张，传到乡下来了。我们本吴庄离七里坪较近，七里坪闹革命的，把宣传工作做得很扎实，迅速在四乡八里起了波澜。

舅姥爷想去当兵，一是村庄里的大地主周三胖想占他家的房子，二是听说国民党要来抓壮丁，三是他羡慕山外边的生活。当了兵，不管是国民党的还是共产党的，当地总是要思量一下，哪支军队打回来会有什么样的果子吃。

舅太爷不想舅姥爷去当兵，为的是手艺有人传承。他家祖传几代，都是民间游医，四乡八里有病，都来找他们治。除了那些顶不过时世变迁的，附近多数人家有的几代都是由周家看病。平素在四乡八里，遇有伤筋动骨、头痛脑热、感冒伤风，舅太爷三下五除二，或是手到擒来，或是几服草药下去，马上病秧变活虎，能下地干活了。因为这个手艺，舅太爷在当地非常吃香。再加上舅太爷宽厚好客，总是门庭若市。不管认识的不认识的，只要从他家门口过，最少也得喝上一碗水，打个尖，再拍拍屁股走路。舅太爷家靠近周家，冲的大路，路口刚好有一棵大树，还伸出一片空地，人们便喜欢坐在这里聊天说笑吹牛。

要说黄安县的人吹牛，过去的人肯定不信，嘴巴一撇："穿着破裆裤说自个是皇亲国戚，鬼才信！"但改为红安县后，你不吹人们也信了："一个县四十八万人革命，十四万人牺牲，出了二百二十多个将军，那是真的牛逼得很呀！"

黄安人吹牛传统起于何时，待考。但毋庸置疑的是，黄安人性情刚烈、直来直去这种性格，想必全国与黄安人共事的，都有耳闻。人们会认为黄安人傻，连个红薯都叫"黄安苕"。苕，就是哈货的意思。

所以，出于我舅太爷这样的家庭，人们都会眼羡，可自己的儿子却要去革命，这不是屁股欠痒招打吗？我舅太爷脸一沉，全家便要阴几天，生怕接着会打雷下雨了，一家人会小心翼翼地陪着。所以，舅太爷不准舅姥爷去当兵，家里人也跟着劝他别去当兵。

事情常常是这样，你越是较那个劲，那个劲越是下不来。这时就会节外生枝了。家里的这劝那劝还没完，让所有人后悔的事情发生了：有天夜里，国民党突然摸进村来抓壮丁，说是搜查土匪，结果将所有的人赶到打谷场上，身子高一点的青壮年，都被赶到一边，说是检查审问，其实就是征兵。不少人还没从睡梦中醒来，便莫名其妙地被抓到国民党的队伍上去了。

舅姥爷那年还不到十六岁，按国民党在黄安县的土政策规定，不应该在被征之列，但那时也没有身份证，加之舅姥爷家里条件稍好，行医走户，还偶尔闻到荤腥，他就像山上的一棵树一样，长得老快，便直接被征入队伍了。

舅姥爷高兴呀，说想当兵还真当上了。后悔的只有舅太爷，他平日走乡串户，什么事都知道，早知这样，还不如让他参加共产党呢。就像他行医一样，共产党是穷人的队伍，帮穷人是他们的本分。

2

舅姥爷被抓壮丁后，一群人日夜行军，到了武汉郊区。当时天还没亮，一群人中有的哭，有的笑，有的唧喳看热闹，多数人冻得流鼻涕。大家都是夜里被抓来的，有的相互认识，有的不认识。乡下人没见过世面，你看我，我看你，看了便不敢再抬头。几个拿枪的人在他们周围骂骂咧咧。

一个军官模样的人亮起大嗓门："排队，排队，娘的，你们连个队都不会排吗？"这群穿得破破烂烂的人开始慢慢吞吞地排队。舅姥爷虽说身子长得快，也只限于横向发展，海拔并不高。一排便排到了最后。分兵时，眼看着一个个被人领走，舅姥爷有些急了。

在我的记忆里，舅姥爷一生都是个急性子。遇有事不顺意，马上就会发脾气。他一发脾气，所有的人都躲得远远的。等他的气消了，他自然会来找你了。

所以，舅姥爷眼看着剩下的人越来越少，便跳起脚喊："我是大（dài）夫，我是大夫！"

军营里没有人知道什么是"大（dài）夫"，舅姥爷喊了也没人听懂。

一个长官式的人用棒子一指："把那个叫的，给我拉过来。"舅姥爷不等他们拉，便飞快地跑到一个长官样的人面前，啪地敬了个礼："报告长官，我是医生!"

舅姥爷也不知从哪里来的力量，说自己是医生，他充其量不过是一乡村游医而已，学到的，也许还不到舅太爷的十分之一。

长官面部蜡黄，胳膊用白布扎起来吊着，脸上汗直冒。听说舅姥爷是医生，他笑了："一个不怕死的，老子正好有毛病，你给治治。"

舅姥爷上前一摸一看，便知道他胳膊脱臼了，心里想，多大的事，至于这样! 嘴上装着问："怎么回事? 谁有豹子胆，敢打长官呀。"

长官说："娘的，被共产党的游击队追着，摔了一跤，胳膊痛得要死。"

舅姥爷说："哎呀，伤筋动骨一百天，长官恐怕要忍着呀。"

长官说："一百天剿共，恐怕老子都死尿了。你到底有没有本事给老子治好?"

舅姥爷说："小病，小病，当然能治。"一边说，一边给长官取了白布条，装着漫不经心的样子，猛然把他胳膊一拉，痛得长官蹲到了地上，伸手去摸腰中的枪："给老子毙了……"

话没说完，舅姥爷笑了说："长官，你看胳膊能不能动了?"

长官直起腰来，试着甩了一下胳膊，竟然真的能动了。他说："娘的，怪了……"刚说一句，便拉着我舅姥爷低声地问："不会再痛了?"舅姥爷说："还要用草药敷一下。几天就能行动正常。"

长官又对着舅姥爷耳语："娘的，不能说好了，好了就要去剿共，到时头都没了。记住了?"

舅姥爷明白过来："必须的，必须的，长官。"

长官这才转过身来，对另一个副官模样的人说："这个兵，我要了，给我当个卫生兵，负责给大家看病。"

111

副官敬了个礼，说："是，营长!"

我舅姥爷就这样莫名其妙地被国民党抓去当了兵，而新兵连第一天便认了个营长，给营里当卫生兵。他一下子神气起来。特别是换了国民党的军装，他看上去有那么一些气质，腰杆便挺得笔直。他在营区里大摇大摆，走起路来都非常牛。事实上，他也的确非常牛，营里的战士们，谁有个头痛脑热的，他扯一把草，熬几碗汤喝下去，几天就见效了。更让营长喜欢的是，这个小个子的卫生兵，还会针灸推拿，每天收了工，便是营长的享受时刻。他躺在竹椅上，喊："卫生兵!"

我舅姥爷腰一挺回答："有!"这一声回答高亢有力，让营长极其满意。营长鼻子里欢喜地嘀咕一声："来，给我按按!"

"是!"

舅姥爷跑过来，慢慢地把营长从头捏到脚。营长好像觉得有一股特别酥的东西，也慢慢地从头跟到脚。于是，他满意地、舒服地、享受地睡着了。直到舅姥爷啪地立正报告："营长，任务完成了!"

营长有些恼，睡得正香呢，一个激灵挺起腰来，以为又打仗了呢。一看营区安静，寂然无声，便开始骂起来："妈拉个巴子，以后让我休息好，睡到自然醒!"

舅姥爷脸上流着汗，他故意不擦，两眼直直地盯着营长。营长笑了："好兵! 好兵!"说完，喊勤务兵："晚上炖的鸡汤，给这小子喝一碗!"

勤务兵老大不情愿地说了声"是"。那声"是"答应得非常勉强，连舅姥爷都能听得出来。

是呀，他心里吃醋呢——自己跟了营长几年，也没有享受这等荣耀呀。最多的，就是他们喝不了，自己舔舔碗上的汤而已。

勤务兵看着舅姥爷。舅姥爷胸板直直的，一动不动。到了夜里，勤务兵磨磨蹭蹭地端来了一碗汤，往舅姥爷床前一放："喝吧!"

舅姥爷从床上坐起来，向勤务兵敬礼："老兵先喝，老兵辛苦!"

勤务兵怔住了。他看到舅姥爷满脸的真诚，还不相信："我喝?"

舅姥爷说："老兵辛苦呀，当然应该先喝，喝不完再分我一点。"其实，舅姥爷早就闻到香味了，心里痒着呢。以往，他与舅太爷一起出诊，遇上富裕一点的人家，端碗鸡肉上来，他口水就流出来了。舅太爷马上狠狠地踩了他一脚，算是警告。等没人的时候，舅太爷教训舅姥爷说："吃要有吃相，吃相最能看出一个人的修养，在家里，你想么样吃就么样吃，在外，一定要体现教养来。"

跟着舅太爷，舅姥爷早就学会了如何在美食前控制自己的情绪。离家之后，兵营里像喂猪似的，哪里有好东西吃! 舅姥爷将喉咙涌出来的口水硬是吞了回去。

他再次将碗端到勤务兵手上，勤务兵却一个劲地往后退。

舅姥爷说："喝吧，喝吧……"

勤务兵说："不喝，不喝……"

舅姥爷想，再不喝老子可不客气了，但他还是端着再客气一下，说："喝吧，喝了你也好睡觉。"

勤务兵说："不能喝，不能喝……"

舅姥爷问："为么事不能喝? 营长喝的汤，那肯定是有营养的。"

勤务兵脸红了。他端着碗边往外走，边说："好吧，好吧。我喝，你是个懂事的伢。"

舅姥爷很想拦着他，也得让自己喝上几口呀。没想到勤务兵走得快，一碗鸡汤在眼前消失了。

舅姥爷很想上前去给勤务兵几个耳光，他从床上跳下来，光着脚跟着往外走，但走到门口又把伸出的头缩了回来。他看到，勤务兵悄悄地将那碗汤倒掉了。

舅姥爷很吃惊。兵荒马乱的年代，这么好的鸡汤，怎么能倒掉呢? 舅姥爷不懂。

没想，一会儿勤务兵又端了一碗进来，递给舅姥爷说："这碗是真的，喝吧喝吧。"说完，他一脸的坏笑。

舅姥爷犹豫着。勤务兵又笑了："刚才那碗……那碗……我吐痰在里面了……奶奶的，营长从来没让我喝过……"

舅姥爷突然也笑了。他说："不对，你一定撒尿在里面了！"

勤务兵脸又红了："没，没呀……"

舅姥爷说："你可真坏呀！幸亏我让你喝，不然……"

勤务兵说："你是个好人呀！"

他们说着说着都笑了起来，很快便搂成了一团。从此，舅姥爷与勤务兵张德贵成了好兄弟。这是他的兵之初，还算得上幸运。

3

就在我舅太爷一家为舅姥爷当了兵，在家里唉声叹气的时候，舅姥爷却发现，当兵是出奇的好。到了兵营，由于懂些医术，舅姥爷很快得到了全营的重视。

先是营长，每天见不到舅姥爷心里就失落。他的肩膀上还吊着白布带，遇上上峰要他剿共，他便说："伤还未好呢。"暗地里，再三叮嘱我舅姥爷："不该说的，坚决不能说。"

我舅姥爷胸脯马上挺起来："打死我也不说。"

营长很满意。在每天训练的时候，他装作很痛苦的样子，让舅姥爷拉着，也就在营区走走，然后坐在帐篷里，让舅姥爷和勤务兵伺候着。感觉筋骨不舒服，他就让舅姥爷给他捏捏，舅姥爷一捏，他便觉得神清气爽，浑身说不出的舒服。

营区的卫生条件很差，兵营里不时有人生病。报告上来，营长便吩咐副官："让周大福去看看！"

营长一直喊舅姥爷为"周大福"，因为舅姥爷姓周，加上不懂"大福"与"大夫"的区别，他喊自己是"大夫"，人们便以为他叫大福了。再加上大福这个名字，大富（福）大贵，寓意好嘛。

于是，舅姥爷周大福便提着个药箱，跟着副官走。每次走前，都要暗地里给勤务兵挤个眉眼。舅姥爷非常爱这个药箱，是营长派专人去武汉买回来的呢，全牛皮做的，分三层，可以放不同的药品。那时药品稀贵，每一瓶药舅姥爷都像命似的护着，生怕丢了。睡觉时，无论冷热，他也要把药箱子放在枕边。半夜醒了还伸手去摸。

舅姥爷喜欢去训练场。因为他一出现，马上成了受欢迎的人物。那些新兵老兵休息时，见了他，都喜欢围上来，这个要点药，那个说句话。特别是一些老兵，总是喜欢去摸他的头，这让他很不习惯。舅姥爷说："男人的头，女人的脚，只许看，不许摸！"

但老兵哪听他的，还是伸手去摸他的头，谁让他年龄小呢！舅姥爷说："你们再摸，我便把你们装病的事捅出来。"老兵听了，伸出的手便在半空中静止了。老兵们谁还喜欢训练啊，好不容易从战斗中熬过来，谁不是保住小命要紧！遇上平时训练，大家也是磨洋工，这个说旧伤复发，那个说伤还未好。接二连三又出现了逃兵事件，副官也不敢把他们逼急了。

但舅姥爷来后，装病的官兵便害怕了。因为他们多数人的小病，都是舅姥爷诊好的。舅姥爷心里装着他们的几斤几两。这些人一害怕，舅姥爷的地位便高了起来。穿着肥大的军裤，舅姥爷看上去是被空荡荡的床单裹着。他走到哪里，哪里便有人来跟他套近乎。有人发烟，有人拿凳子，有人让道，让舅姥爷觉得很有面子。年轻的舅姥爷也牛哄哄的，拿着眼睛一瞪，满不在乎的样子。讲排场，爱面子，摆架子，这一直是我们黄安人的性格，这种脾气让舅姥爷后来吃了不少亏。

那时，黄安县国共两党打来打去，一会儿是共产党占了上风，一会儿又是国民党夺回了县城，战争让这块山区的土地天天布满枪声。我老家本吴庄，大都参加了共产党，当然也有加入国民党的。但无论是哪个党，都对这座被石头裹住的山村不感兴趣，因为这里易守难攻，加之两党都有人做大官，谁来也会给个面子。而舅姥爷的家不一样，他家在山底下，又靠近大路，不是土匪来洗劫，就是国民党来打牙祭，村庄像块蚕食后的蛋糕，慢慢地一贫如洗。我舅太爷，甚至找不到稍微像样的洋药，他只好从山上挖些药草，晒在门前，一片一片的桔梗、苍术根、鱼腥草、甘草……人进了院子便处处能闻到药味。

于是，一个特别意外的情况出现了。随着时间的拉长，无论是谁到了舅太爷的村庄，都对这个院子客客气气的，共产党、游击队经常送这送那，半夜里将一些珍贵的东西悄悄地放在院子的门前，敲敲门便走了；国民党来了，要到舅太爷家里拉拉家常，他们可能把整个村子翻个遍，弄得鸡飞狗跳，但从来没有官兵敢进舅太爷家里抢东西；即便是杀人不眨眼的土匪，也要在踩点时留下暗记，以防夜里抢错了人家……

于是舅太爷常常对着洗劫一空的村庄叹息："我们行医，无论贫富贵贱，无论什么身份，都要一视同仁啊，大善能为医，大德能行医，这个传统在我们周家不能丢掉！"

为此，他还经常教育舅姥爷："历朝历代，哪个能缺少得了医生？医生治病救人，谁又缺少得了？你们好好学医，世代有饭吃！"

但舅姥爷对学医并不感冒，他特别盼望着去外面的世界里看一看。因此，在他被抓了壮丁真的到了部队后，我舅太爷一直在家里闷闷不乐，认为他没有走正道。四里八乡，谁不知道周家是鼎鼎大名的医学世家，医术高超、医德高尚啊！一个连国民党和土匪也不骚扰的人家，在当时的黄安县有几个呢？

现在，舅姥爷当了兵，意味着舅太爷家祖传的手艺要丢了，这让舅太爷心急如焚。万般无奈之下，舅太爷的几个女儿都要求他传给她们，但舅太爷说:"祖上有训,传男不传女,古训绝不可违背!"

几个女婿对吃这门手艺饭也特别羡慕,跑来求舅姥爷:"里外都是一家人,内弟当了兵,传给我们也可以呀。"

舅太爷不语。他们没法,也不敢再开口。

舅太爷就想不明白:为什么自己的儿子,放着这令人骄傲与羡慕的手艺不要,非要跑去当兵呢?

4

只有舅姥爷知道,他体内流淌着浓郁的不安分基因。黄安自建县以来,反抗与斗争不断,诗书与礼乐齐鸣。文中有武,武中有文。特别是李贽在此传道后,男人强硬倔强,女人开化明理,遇事男人挑梁打斗,女人当仁不让。特别是进入民国,先是黄兴的革命党在武汉一带活动,黄安有不少人参加,等共产党来了,革命之风盛行,谁家要是不参加革命,那简直是有辱门风。一场黄麻起义后,整个黄安县被赤化成红色的海洋,男女老少,连几岁刚学会走路说话明白一点事理的孩子,都要参加革命。

而我舅姥爷,想参加红色革命并以此为荣时,却被国民党一夜之间抓了壮丁。这在过去,几乎是不可能的事。周家的大名在当地谁人不知?谁人不晓?但这次来抓他们的,是另外一支过路的国民党部队,据传是蒋光头的嫡系。当时,这支国民党部队与共产党的红四方面军,经过数场血战,严重缺乏兵员,也就不管三七二十一,先要补充兵源再说,舅姥爷撞在枪口上了。

许多年后,舅姥爷在酒后回顾自己的一生时,对过去的一切充满了淡然的心情,但他在叙述时,对过去的辉煌还是充满了眷恋。比如,他当了卫生兵后,那日子过得是相当滋润。一早起床,他不用训练,可以在被窝里睡到开饭；在打理好营长的事后，他才晃晃悠悠地来到各个连队，查看每个伤员的病情，能诊的诊，不能诊的听天由命。在某些时候，舅姥爷甚至有些后悔，没有完全学到舅太爷的精髓，对有些病只能束手无策。特别是看到有些人活活地等死时，舅姥爷甚至有些内疚。但那也仅是一会儿的事，对于一个刚十六岁的少年来说，玩才是人生最大的乐事。

舅姥爷这个人一生最好吃。这从当兵时可以看出来，舅姥爷给他们看病，全是为了吃得更好一些。早些年在家里的时候，舅太爷家的日子也远远好于周边的人家。但舅太爷有个脾气，家里无论是大人还是小孩，无论是客人还是家人，无论是雇工还是长工，大家都必须都吃一样的。舅姥爷有时先跑到厨房里偷吃的，被舅太爷抓住就是一顿暴打。这也是舅姥爷想跑到外面去的原因之一。

现在，舅姥爷成了营区里受欢迎的卫生兵，吃的事便显得尤其大了。他和勤务兵关系混好后，两个人经常偷吃营长的美食，偷喝营长的汤，但也仅限于尝尝。对于长身体的他们来说，尝尝当然还远远不够。他们得想办法填饱肚子。我舅姥爷发现，兵营里经常克扣士兵的伙食费，那些当兵的也是一个个饿得面黄肌瘦的。于是，一些老兵便唆使新兵去偷去抢老百姓的东西。舅姥爷家里有个传统，饿死冻死，也不能偷不能抢。因此，老兵们把从老百姓家里抢来的东西，给我舅姥爷吃时，舅姥爷拿着，想起舅太爷的话，却常常下不了口。

他越是这样，那些为了躲避训练的老兵们，越是把偷抢来的东西，送给舅姥爷吃。起初，舅姥爷并不知道这些东西的来历，来者不拒。直到有一天一个在国民党当官的亲属找上门来，老兵们说舅姥爷也吃了时，舅姥爷被营长骂得够呛，蹲在房间里哭了。从那以后，舅姥爷说，他无论饿得前心贴肚皮，再也不吃来历不明的食物了。于是，他常常等营长睡着了，与勤务兵张德贵一起，去乡下的田地里挖泥鳅、捉鳝鱼，

118

甚至抓蛇吃。那时，舅姥爷驻扎在黄坡，靠近武汉，那里河多湖广。有时，他们甚至在夜里偷偷溜出来钓鱼。舅姥爷天生聪明，他用竹子编成的竹篓，总有办法找到鱼吃。这把营长高兴坏了，有时连病也不让他看，连推拿也不让，让他和勤务兵一起去搞鱼吃。他与勤务兵张德贵，一边在树下钓鱼，一边用柴火烤鱼吃。黄安县属丘陵地带，山多林密，塘少鱼乏。而江汉平原不同，四处都是河流，到处可见湖泊，我舅姥爷和勤务兵张德贵，常常能撑饱肚子。

张德贵是河南新乡人，也是穷人家的孩子，国民党队伍路过时，他瞒着家里跟着部队走的。他长相清秀，又有眼色，就被营长选去当了个勤务兵。这个人，比我舅姥爷大五岁，后来与我舅姥爷成了一生的朋友。许多年后，张德贵去世时，我舅姥爷本来病了，可他硬是连坐几天的大车小车，赶到河南去参加张德贵的葬礼。

在舅姥爷的记忆里，张德贵坏点子多，经常戏弄营里的兵们。他在营长身边工作，兵们都怕他，见了他就躲。他也会弄些小把戏，还会武术，枪又打得特别准，所以大家对他很服气。牛哄哄的张德贵，自从有了那碗鸡汤之后，对我舅姥爷是出奇的好。

在舅姥爷眼里，这种好还有其他原因。就是副官对营长有意见，常常找张德贵和周大福的茬。有事没事，副官就给他们派活，一会儿去挑水，一会儿要去劈柴，一会儿去种菜，一会儿把他们弄去站岗……勤务兵张德贵受不了，几次想与副官干，被我舅姥爷拉住了。

"我总有一天要毙了这个狗日的，啥子人呀！"勤务兵说。

"可人家是官呀！我父亲经常对我讲，穷莫与富斗，富不与官争！"舅姥爷劝勤卫兵说。

张德贵说："你看他把你欺侮的，不仅要给他按摩，还要烧火、站岗，还要你去训练，卫生兵把病看好就行了，还需要训练吗？"

张德贵曾在战场上救过营长，因此经常被营长爱着护着，吃苦头的

119

还是舅姥爷。营长也知道副官的意思，就是想打仗立功，早日往上爬。但营长不想打仗，他只盼望日子太平，与共产党打仗，有几次打赢的？湖北人性格剽悍，吃软不吃硬，打起仗来，国民党的军队是哭爹喊娘！

看到整不住勤务兵，副官就整舅姥爷。先是让一批老兵拉舅姥爷去赌博。舅姥爷家族多少代都特别反对赌博，所以没有沾染这个恶习，但舅姥爷经不住老兵们的拉扯，就去参加赌博。这是黄安人的通病，赌博是他们生活的必需品，直到今天，住在县城的人，几乎百分之九十以上的家庭都有麻将机。男人打完女人上，女人没空甚至有的小孩接着上。舅太爷说："赌博是恶习，我们周家人不能沾。"但舅姥爷好奇，先是赢了几次，兴高采烈的。接着，便开始输钱，输得连当兵的薪水都没有了。

舅姥爷呆呆地站在屋子里，没钱，老兵们不让他玩了。如果借钱可以，先要扣掉高利贷。舅姥爷那时不知这几个老兵设了套来套他，他借了一个老兵的钱，正等下注时，副官带着人进来包围了他们。

"敢在我的地盘里赌博？你们死定了！"副官说。面无表情的副官把他们全部抓了起来，关进了几间黑屋里。舅姥爷被单独关在一间，进来便又挨了一顿死打，打得他哭爹喊娘，直到张德贵找到他。

张德贵说："你上当了，那是他们设的局。"

舅姥爷说："什么局？"

张德贵说："他们只把你一个人关在屋子里，其他的人都放了。"

我舅姥爷听后暴跳如雷，要冲出去与副官拼命。张德贵拦住他说："你斗不过他们。连营长都让他三分。你不知道呀，他带着几个老兵经常欺侮新兵，克扣新兵的军饷；有的新兵存了点钱，他们就设局赌博，让新兵们输光光的。最后，他们还放高利贷，控制新兵。"

张德贵还说："新兵们都害怕他们。有时遇上打仗，他们让新兵在前面冲，说如果胜利了就免去债务。有的新兵欠钱太多，不得不往上冲……"

舅姥爷听后不寒而栗。

张德贵迅速向营长报告了情况，舅姥爷被营长保出来了。回来时，他低着头。

营长看了看说："周大福，你再赌博，我枪毙你。"

舅姥爷说："我再也不敢了。"

虽然不赌博了，但舅姥爷还是受到副官的刁难。有时，遇上训练，副官便让舅姥爷在操练场上跑圈。舅姥爷农村出身，从小便随着舅太爷走村入户、翻山越岭的给人看病，早练就一身硬骨，这点小事难不倒。但架不住饥饿，一饿两腿像灌了铅似的，跑得头昏眼花。只要一停，倒地就睡。遇上副官不高兴，就用鞭子猛抽。

舅姥爷是个火爆脾气，按他的性格，完全可以把副官按倒在地收拾一下。但舅姥爷也估量了，他不是对手。副官长得人高马大，舅姥爷一个人收拾不了，只有忍着。

又有一天，副官命令几个老兵，暗地里又将舅姥爷收拾了一顿。那天夜里，舅姥爷上厕所时，也不知怎么回事，头上便被人蒙了布，按在地上一顿拳打脚踢。那些人下手很重，舅姥爷被打得鼻青脸肿的。等勤务兵听到惨叫赶过来时，战斗已经结束。

张德贵扶起舅姥爷，舅姥爷只是哭。

张德贵说："一定又是他娘的副官干的！"

舅姥爷说："为什么要打我？"

张德贵说："他们收拾不了我，自然要收拾你了。以后要防着点。"

第二天，舅姥爷实在受不了副官的折磨，就利用给营长按摩的机会向他诉苦："营长，我想回家去。"

营长吃了一惊，直起身来问："回家？当兵的是想回就能回的吗？我们不是散兵游勇。说不定人还没回家，头就没了。"

舅姥爷说："我不怕。"

营长说："你不怕，如果找不到你，他们还会去抄你的家！"

舅姥爷吸了一口冷气。当逃兵的想法，再也不敢滋生了。

从那以后，舅姥爷说，他忽然特别后悔跑出去当兵。但他高兴的是，听说红四方面军自在我们黄安县七里坪成立后，迅速壮大，黄安已成为一座红色之城。

营长说："你们黄安人呀，骨子里想的都是革命，闹得至少有百分之八十的家庭都有革命党，奇了个怪了！"

营长又说："怪的还有，那些地主、富农出身的伢，也都愿意跟着共产党走，这不是疯了头了嘛！"

营长一边说一边用奇怪的眼神看着我舅姥爷。舅姥爷听了，心里很高兴，脸上却佯装镇定。他当逃兵的念头愈来愈烈。

5

还没等到舅姥爷当逃兵，残酷的战斗来临了。

一九三三年三月，部队接到命令，进攻黄安县的革命中心七里坪。他们从武汉郊区开始向黄安县挺进。

营长命令："这次战斗大家小心，黄安县那些共产党的部队，骨头是铁打的，个个不要命！"他一说，新兵们都很紧张。果然，第一仗，就被四方面军打得七零八落。副官带着老兵趴在坑道里，却在后面用枪逼新兵："上，给我上！"

新兵们刚露头，便有几个中枪。于是，他们潮水一般后退。

我舅姥爷跟着营长。营长也趴在地上，他对勤务兵和我舅姥爷说："你们两个，必须紧紧跟着我，保护我。"两个人点点头，一左一右地跟着营长。

在兵营里，也只有营长对他们好。虽然营长不喜欢打仗，对下面的事睁只眼闭只眼，但心里还是个明白人。天长日久，舅姥爷对营长和张德贵有了依靠的思想。

营长对张德贵说："让副官指挥冲锋，共产党太厉害了。"

张德贵跑过去传达副官的命令。副官抬了一下头，喊："弟兄们，冲啊。拿下天台山，重重的有赏！"

几个老兵指挥新兵们冲。新兵们趴在地上，不敢抬头。副官抬手向空中打了几枪，又喊道："弟兄们，共产党的部队没有多少子弹，他们没几条枪，不要怕，冲啊。"

新兵们还是没有反应。副官拿枪副在一个新兵的头上，说："你带头！"

新兵吓尿裤子了。他刚露头，便有子弹打在身边的石头上，溅出的火药让人吓破了胆。

舅姥爷一见，一把抢过张德贵的枪，站起来便往外冲。刚露出上半身，子弹啪啪啪地打在两边的土堆上，灰尘顿时弥漫。舅姥爷还想往前冲，被张德贵一下子扑倒在地。

张德贵说："你不要命呀？"

他的话音刚落，几颗土雷在队伍中开花，一片哭爹喊娘声顿时传开，一个老兵见状赶紧下撤。其他新兵也跟着一窝蜂往下跑。才跑出没几步，就见一片人倒地。舅姥爷看到，一半是对方的部队干掉的，有几个是副官干掉的。

有个新兵甲喊道："哥呀，我中枪了！"

另一个新兵乙说："别急，我来救你。"可刚往后退，便被老兵按住了。老兵说："只许往前，不准往后！"

新兵甲痛得大喊："哥，快来救我！"

另一个新兵乙又想往回退，但副官把枪对着他说："你若敢退一步，

123

我就毙了你！"

新兵乙犹豫着。副官回过头，一枪打在新兵甲的胸口："反正你也活不了，我来帮你这个逃兵解除痛苦！"

新兵乙大哭了起来："细弟啊……"

副官刚想骂他，红军便像潮水一般从树林和草丛里向他们涌来。他们穿着破烂的鞋子、褴褛的衣服，却高喊着冲锋的口号，像铁打的人一样，从四面八方聚集。特别是那冲锋的号子，吹得格外高亢，让这些国民党的正规军听了心发抖，腿发软。

副官见状，拔腿便带头后撤。营长刚想制止，可一扫周围，也跟着后撤。张德贵扶着他，舅姥爷盯着两边的人，他们连滚带爬地越过了高地，撤到一片树林里。

这时，有人喊："副官中枪了！"

果然，副官倒在地上，呻吟着。

一个老兵说："是新兵乙开的枪，我看到了的……"

营长问："为何事开枪？为什么打自己人？"

老兵嗫嚅着说："副官开枪打死了他的弟弟……"

营长枪一挥："妈拉个巴子，连自己的兵都不爱，打屁仗！撤！"

但撤来不及了。红军四面包围着。他们忽东忽西，搞不清有多少人。

营长连忙喊张德贵和我舅姥爷："你们两个，紧紧地跟着我。"

于是，混乱中，营长带着他们从草丛里往外爬。群龙无首，战场一会儿便枪声稀落。

等舅姥爷战战兢兢地从草丛中爬出来直起身，他发现，眼前只有他们三个。部队已经全打散了。

营长拿枪指着舅姥爷说："你，掩护我俩突围！"说着，命令张德贵："把机枪给他！"

张德贵犹豫着。营长枪一指，张德贵便把机枪交到舅姥爷手里。舅姥爷感到机枪特别重，他身子晃了一下："我……我我我……掩护你们突围？"

营长说："对，你掩护。一会儿小张来救你。"末了还叮嘱一句："这是命令……"

舅姥爷信以为真，他准备趴下来。张德贵却跑过来抱了他一下，对着他耳朵说："营长转身后，你赶紧跑……"

张德贵还暗中握了握舅姥爷的手。

果然，营长带着张德贵一会儿就没有了影。我舅姥爷把机关枪摆上，却不知怎么开火。正在急中，突然听到红军的部队喊话："凡是投诚的，缴枪不杀！"

舅姥爷露个头，脱了衣服光着上身，把白衣的衣服举过头顶，喊："我投诚，我投诚……"

果然，一个带手枪的过来了。舅姥爷还未明白怎么回事，那个带手机的便来了他身边，问："你为么事参加国民党？"

舅姥爷躬着腰说："报告长官，我是被抓壮丁来抵数来的。"他一说，红军的长官笑了："奶奶的……"

当时舅姥爷身材不是特别高，长得又特别瘦。那位长官便相信舅姥爷的话。特别是当舅姥爷把一挺崭新的机关枪双手交上时，红军长官还吓了一跳："这要是开枪，还了得？"说着，长官摸着那挺机关枪，爱不释手。

打扫完战场后，舅姥爷怎么也找不到营长和张德贵。红军长官问舅姥爷："你是愿意回家，还是愿意留在部队？"舅姥爷虽然一直想当逃兵，但他压根就没想回去。他还是将小胸脯挺得笔直，双手贴紧裤缝说："报告长官，我会治病，请收下我吧？"

长官的眼睛亮了："会看病？这么小会看病？真的假的？"

舅姥爷说："真的真的，祖传手艺，人称半仙。"

长官又笑了："吹吧？那好，赶紧把伤员给我救治了，要是说假话，我可不跟你闹着玩！"

舅姥爷脸急红了，说："真的，真的，不信你等着瞧。"

说完，他就急忙跑到伤员堆里，一个个查看起来。那些比他老了不知多少的红军，起初看到年轻的舅姥爷跑来跑去，一会儿这样处理，一会儿那样处理，还不太相信。但一个晚上不到，他们立马都相信了：红军的全体伤员，一个个都安排妥当。

不久，舅姥爷的手艺迅速得到了红军的认同。红军长官笑着对他讲："还真不赖。你要是愿意留下，就留下吧。我们的确急需医生，但如果你不愿意，发两块大银圆回家。"

舅姥爷回答说："走到哪儿死到哪儿，回家一样没饭吃。"

长官大笑说："我们每天要拉练百余里路，小鬼你跟得上吗？"

舅姥爷拍着胸脯："不怕！我从小就登山采药，上山砍柴，还怕这个？"

长官欣赏地看着舅姥爷说："那你就留下吧。说不定，等我们革命成功，你就成为名医了！"

于是，一九三三年七月二十一日，舅姥爷在国民党的部队待了三年又三个月后，转身参加了红军。这是他从来没有想过的事。

此时，红四方面军第十师、第十一师、第十二师、第七十三师扩编为第四军、第三十军、第九军、第三十一军，共四万余人，队伍空前壮大。

6

许多年后，舅姥爷讲起过去的事来，对我们说出了这样的一个道理："伢呀，人挪活，树挪死呀。不同的环境造就不同的人。"

舅姥爷说这句话时，往往是在喝了酒之后。他喜欢喝高度酒，喝完后脑门上亮亮的。说话时，额头上仿佛金光闪闪。

的确，舅姥爷加入红军之后，他们连续打胜仗。特别是在我们黄安、麻城与黄陂、光山和金寨一带，与谁交战都所向披靡。

舅姥爷说："我们红军上了战场，就是不顾一切地拼命，无论是当官的还是当兵的，大家哪个也不后退，谁也不会怕死！"

虽然舅姥爷此前也参加过国民党的部队，但提起两者时，在称呼上已有了细微的区别，对红军称"我们红军"，而称呼国民党时，叫"蒋光头的部队"。

此时，红军已经历了三次的"反围剿"斗争，取得了空前的胜利。在鄂豫皖一带，声威大振，不少贫苦农民、小知识分子甚至是地主家的孩子，也都积极报名参加红军。

舅姥爷觉得非常奇怪："过去地主家庭对我们不屑一顾，怎么也参加共产党的部队？"

慢慢地舅姥爷便发现了，这支衣着破烂、枪弹稀少、缺衣少粮的部队，有一个共同特点：在战场上，当官的比当兵的冲得更前；在生活中，当官的和当兵的分不清。

那位红军长官，在舅姥爷的眼里完全不是长官，而像一个服务员。每次战场过后，他对每个战士关怀备至，嘘寒问暖。舅姥爷后来才知道，他竟然是红军的一个团长！

"连团长都亲自上战场，难怪红军老打胜仗！"许多年后，舅姥爷的长子也就是我舅舅，在部队当兵后也干到了团长，舅姥爷去部队，总是一个劲地批评我舅舅不该老坐在办公室，而是要和战士们一起劳动。

红军团长赵向前对舅姥爷一生影响最大。

有一次，战斗正在进行中，舅姥爷去抬伤员，刚直起腰，突然被重重地扑倒在地上。等回过身，团长压在他脸上，满头是血。原来，团长赵向前发现敌人正朝这边射击，赶紧一跃而起，将舅姥爷扑倒在地，而子弹，就从舅姥爷的头皮擦过。

好险啊！

舅姥爷出了身汗。

晚年的时候，舅姥爷经常骄傲地露出肚皮，有意无意让我们看他肚皮上的伤痕，那是战斗中积累下来的。他吹嘘说："我命大，子弹打进来又打出去了，有时还擦一下过去了，都没事。"

的确，在战场上，舅姥爷特别不怕死。他不像在国民党部队时那样躲躲闪闪，而是跟着拿短枪的一起冲锋。他对这支部队是百分之百的满意，为什么呢？

"你们伢不晓得呀，那时除了师长团长带头冲，连伤员也不愿意拖后腿。在战场上，轻伤的不下火线；伤得重的宁愿战斗到死，实在觉得活不了的，除了与敌人同归于尽，有的重伤员甚至不愿为组织转移时添麻烦，自己开一枪或拉个手榴弹把自己炸死了……"

舅姥爷那时快八十岁，谈起这些事时，不知不觉的，他会突然号啕大哭。"那些伤员，听说打仗，往往是我在前面治，后面的便找不到影子了，一问，往战场上跑了……那些仗，打得恶呀！"

舅姥爷在哭过之后，开始又吹嘘起来："我是团里最受欢迎的人啊。团长说，谁牺牲了也不能牺牲我！为么事呢？等着我治病救人呢。"

"死的一堆一堆的人啊。有的还是孩子，有的还穿着破烂的衣服，有的光着脚咧……"说到这些时，舅姥爷说不下去。

但只要烈酒烧灼着舅姥爷的喉咙，他便开始骄傲起来："我们只打胜仗，不打败仗！我们红军只会往前冲，不会向后退！你知道我们打了多少胜仗！从营山打到渠县，再打到周口，共歼杨森第二十军三千余人，一次就缴枪两千五百余支，根据地向南发展百余里呀！"

唯一让舅姥爷想不通的是，他加入这支队伍不久，听说张国焘开展肃反，杀害了曾中生、余笃三、旷继勋等高级干部。他感到特别不解："红军队伍里怎么还有敌人咧？而且都是高级领导干部。"他这一句话，差点让他丢了命。有人将他说的这句话反映给了上级。马上有肃反局的领导来了。领导说："参加部队才几个月，还是从国民党里来的，是不是特务？"

团长赵向前拍着胸脯说："绝对不是，我保证。"

肃反的领导说："在白雀园，那么多有文化的、识字的、发牢骚的、都杀了，你不怕？"

赵向前说："我不怕。我是一九二三年就在武汉入了党的。跟着党干了十年！这个小周，是个行医的，来的时间不长，但救了我们多少战士！"

肃反的领导说："你要讲政治！"

赵向前说："我和你一起参加革命的，你说我讲不讲政治？我真的可以保证！"

肃反的领导说："看在你曾救过我一命的分上，我相信你。但你们要小心，不该说的话不要乱说！"

赵向前又拍着胸脯保证。

肃反的领导说："暂时相信这一次，好自为之……"他的话还等说完，突然咳嗽一声，吐出一口鲜血，人向后一仰，便倒在地上不动了。

舅姥爷此时正好被绑着，站在一边。他高声说："让我看看！"

押着他的兵是保卫局的，不让。

团长赵向前对保卫局的兵说："他是学医的，让他看看吧。"

保卫局的警惕性挺高，还是不让。

舅姥爷挣扎着说："再不让，他就会死了！"保卫局的两个老兵面面相觑。舅姥爷说："不松绑，我就看一下！"他力图站直身，转过来。两个兵压得死死的。舅姥爷大声说："你们要是觉得我是坏人，等我把人救好，枪毙我也不迟！"

舅姥爷说这话时很有气派。赵向前团长上前装模作样的踢了他一脚。舅姥爷明白了，绳子没松绑，他只有一蹦一跳地来到肃反的领导身边，一看就说："这是急性病，吃了毒草所致，赶紧得找草药。"

保卫局的人半信半疑。赵向前说："把周大福的药箱拿来！"

周边的人说："哪个周大福？"

赵向前说："就是周半仙，知道了吧。"

原来，由于舅姥爷医术不错，红军里的人也叫他周半仙，而真正的名字，经常被人忘了。

舅姥爷一听笑了。他说："团长，药箱里没有这种药，要立即上山去采！"

"你跑了么样办？"保卫局的一个人说。

舅姥爷很生气。他瞪了保卫局的人一眼，说："你们把我绑着，一起上山采去呀。我跑你枪毙我！"

保卫局的人拿着枪，加上赵向前团长派的两个战士，拿着锄头，上山采草药。我舅姥爷的手一直反绑着，上山的速度却比保卫局的还快。

舅姥爷此时恢复了自信，他指挥他们，从一个山转到另一个山，采了一种又一种，采了大半天，终于凑齐了。

下得山来，保卫局的两个累得腰酸背痛，不过对舅姥爷有些相信了。舅姥爷一看保卫局肃反的领导还在床板上躺着，他瞧了瞧，心中有数，便立即指挥他们熬药。

果然，几剂药下去，保卫局的领导醒来了。大家对舅姥爷立即刮目相看。

保卫局的领导叫来舅姥爷，问："为何要当红军？"

"还不是为了混口饭吃。"

保卫局的领导笑了，说："果然是农民出身，看觉悟多低！"接着他又问："现在觉得共产党和国民党哪个好？"

舅姥爷说："共产党好，大家都为了穷人，我也不会落后。只有大家都好，个人才会好。"

保卫局的领导挥挥手："松绑吧。"

舅姥爷说："早松呀，手都麻木了。"

那天夜里，赵向前对舅姥爷说："周大福，好险呀，一条小命差点没了！看以后你还爱胡说八道不？"

舅姥爷说："报告团长，以后我把嘴巴闭得紧紧的。"赵向前哈哈地笑了。

第二天，一匹白马直射营地。舅姥爷正在专心致志地熬药，听到外面一片欢呼之声。

舅姥爷不知道，也不关心。正当他拿着药勺尝药时，突然房门的帘子一掀，一个人高马大的人汉子走了进来。

"你是周大福?"

舅姥爷头也未抬说："是。"

那个汉子拿着马鞭，轻轻地在舅姥爷身上抽了一下，笑着说："好个周半仙，跟着红军，就要一直革命到底！"

这时，团长赵向前跟了进来，对舅姥爷说："周大福，这是红四军政委陈昌浩！"

舅姥爷马上立正："首长好！"

陈昌浩笑了。他对周围的人说："昨天就听说要杀一个懂医的，我急匆匆地跑来，幸亏没杀呀！学医的人，在革命队伍里紧俏得很，是红军战士的定心丸，怎么能随便杀？有点小毛病教育就行了，大家说是不是？"赵团长带头喊是。其他跟着的人也接着喊了起来。

陈昌浩拍了拍舅姥爷的肩头："革命的队伍是个大熔炉，小伙子要好好干！"

舅姥爷把胸脯挺得笔直道："是！"一群人都笑了。自此，再也没有人来找过舅姥爷的麻烦。

舅姥爷晚年时还说，有一次，也就是在第三次过草地的时候吧，他还正在抢救伤员，没想到迎头碰上了张国焘。周边的人介绍说舅姥爷是良医，张国焘还亲切地给了舅姥爷一个拥抱。

许多年后，舅姥爷说："当时恐怕没有人会想到，这样一个白胖白胖的人，会背叛革命，跌得这么惨呢？"接着又补了一句："在红军队伍里，大家都是面黄肌瘦的，只有张国焘，长得像个地主一样。那时他的威望，真的很高呀！"

7

舅姥爷参加红军后，其实并不想当医生。那只是他的入门券。舅姥爷心头最大的愿望，就是到一线打仗。打仗，才是他的理想。黄安人当兵不打仗，那还叫当兵！

一九三四年一月上旬，四方面军西线红军先后在快活岭、三川寺、鸡山梁等地，与邓锡侯、田颂尧的军队作战，给敌人重大杀伤。下旬，东线红军猛烈推进，给敌以极大的杀伤。到了二月份，又全歼敌警备第三路副司令郝耀庭的两个团。四川军阀刘湘急红了眼，开始颁发《第二期作战计划》，企图夺占巴中、通江和万源。到了这一年的五月，舅姥爷说，敌人的围攻兵力达到了一百四十多个团。红军的形势非常严峻。

舅姥爷对团长赵向前提出："我也要到一线打仗！"

团长说："救治伤员也是一线！甚至比一线作用还大！"

舅姥爷说："男人不打仗，还叫什么当兵的？"

团长告诉他说，战争没有前方后方，往往上午是前方，下午便变成了后方，到了晚上，又变成了前方。双方夺来夺去，每个地方都很危险。团长教育舅姥爷说："你想想看，如果一线打仗的革命兄弟得不到及时救治死了，或是残了，再或是撤离阵地，我们不管伤员了，那他们有多伤心？所以，医生的地位比一线的战士作用还大！"

舅姥爷听不进，他认为只有拿起枪，才能体现勇敢和价值。

团长训他说："我没有时间与你扯皮，有一天你看到战场的真实便知道是怎么回事了！"

舅姥爷很委屈。但他听团长的，因为团长每次从敌军那里缴到好吃的，都要特别关照他。他没有机会接触战斗，但战斗却惹上他了。

有一天，不知从哪里钻出来的一伙敌人，袭击了医疗队的营地。那时，医疗队的人，大多是一些小孩和伤兵，缺枪少弹药。舅姥爷没有枪，他拿着刀子冲出去，一梭子子弹打在他前面的地上，直冒烟。舅姥爷连忙趴在地上。敌人小分队呼啸着冲了进来。舅姥爷的心悬了起来：这么多伤员，怎么办咧！一想到这里，舅姥爷站起来，准备拿刀冲出去。

没想到，此时，躲在病床上的伤员们，只要是能站起来的，拿起枪便往外冲了。实在站不起来的，跟着呐喊。有个号兵，甚至在病床上吹起了冲锋号。

敌人们听到号声，突然害怕了。凭经验，这是以往在正规的战场上冲锋时才能听到的。正在疑惑之间，伤员们抢占了有利地形，一时枪声大作！

敌人带头的连忙喊撒！

舅姥爷看到这种情况，还想拿起刀去宰个把敌人，顺便缴上一支枪，但他刚露出头来，就被一个伤员狠狠地撞倒在地上。好险呀，敌人的一个手榴弹就在脚下转。那个伤员身手敏捷，一脚便把手榴弹踢飞了。手榴弹在空中爆炸。

舅姥爷感到手上一麻，刀子跌落地上，咣当一声响。一股血顺着胳膊流了下来。

这时，他听到团长赵向前的声音："同志们，我们增援来了！"

敌人此时要跑已来不及，被红军迅速包了饺子。

打扫战场结束，舅姥爷才发现弹片扎破了右手。赵向前来看时，笑着说："现在知道什么是打仗了吧?"

舅姥爷有些不好意思。他缠着绷带，只是呵呵地笑。此时，他才知道，那个将他撞倒在地的伤员，只有一只胳膊。而那个吹冲锋号的，竟然是个小孩，比他还小不少。因为腿上中了枪伤，送到他们这里治疗的。

大家一时都特别佩服小孩的机智。

从此，只要前方枪声一紧，舅姥爷的心便紧张起来了。因为伤员太多了！只要两军短兵相接，枪伤、刀伤、石头砸的伤、摔伤……一场战役，几万人投入战斗，伤员比比皆是。

而每次战役过后，舅姥爷便从早忙到黑。他虽然不在最前沿，但救治的地方离战场其实也不远，战斗打响时，野战医疗室外面全都是枪声、呐喊声、叫声、呻吟声、哭声……舅姥爷就觉得红军战士特别奇怪，只要送到简易的救治所，无论是断了腿，还是没了胳膊，无论是眼瞎了，还是肠子流出来了，没有一个吭声的。舅姥爷晚年时还感慨："红军真是铁打的汉呀!"

那时，舅姥爷他们的任务很重。特别是进入夏季，天气炎热，部队都是白天行军，为预防中暑、疟疾和肠道传染病，卫生队要求部队出发前喝足水、带足水，沿途不吃腐烂瓜果等不洁食物，行军速度放慢，十五里一休息，三十里一大休息，六十里即宿营，缓解了指战员在转战突围中过度疲劳。到达宿营地之前，由各团卫生队派出卫生侦察人员先一步到宿营地点选好能饮的水源，避开有传染病人的房舍和村庄，竖立木牌加以标明；如部队住下后发现了有传染病人，也要坚决离开另觅宿营地。部队到达后，卫生人员即深入到班、排、连检查发病情况，送医送药上门，督促战士用热水洗脚，治疗脚伤、脚泡，做到脚活动(把下肢垫高，促进血液循环)。舅姥爷说，他们还指导各伙食单位在远离水源和厨房处挖厕所，使用后用土掩埋或撒土灰，以防蝇防臭。宿营地的室内、院内和进出道路，都要打扫干净，把低洼处垫平。

令舅姥爷骄傲的是，凡是红军住过的房舍和村庄，其环境卫生面貌都为之一新，不仅部队的卫生状况有很大改善，也为当地群众留下了良好的影响。

晚年回忆时，舅姥爷告诉我们："那时我是见了世面了！包治百病！能用草药医的，就用中草药，不能用的，就用从敌人那里缴来的药！你晓得我们么样做手术不？拿个刀，在火上过一下，就敢剜子弹！你别看我手掌这么大，那缝起伤口的线来，还是毫不含糊！那些红军伢，有的好小啊，比我还小的都有不少。但他们不哭，硬是咬着牙，有的手术时把牙都咬烂了！哪里有麻药？有时吃点草药顶，有时喝口酒顶，有时干脆么事没有！那时，我们医生的水平高呀！四方面军的医疗队，从通江建立后，便一直跟着。只要战场在哪里，我们便在哪里！"往往说完救治的事情，他就骂起今天的人们来："电视上看到人们说中草药不行，放屁！几千年来，汉人不都是用草药治病吗？西药治标，中医治本管长远啊，他们不懂！他们见过真正的伤员是么样治的吗？放屁，我恨不得钻进电视里去给他几个耳巴子！"

舅姥爷说，那时候，他背上背着的永远只有竹篓子。每到一个驻地，除了救人，在队伍休整期间，舅姥爷整天不是采药、晒药、制药，就是在熬药、尝药、品药、试药……他说："我命大呀，好几次中毒了，没死成，又活过来了。"舅姥爷讲到此时一般都要骄傲半天，感谢菩萨的不收之恩。因为，当他尝药中毒导致昏迷后，那些伤病员们整整齐齐地坐在他的木板床头，生怕他死了。当他睁开眼，听到大家一片欢呼声时，舅姥爷的眼睛湿润了。他意识到，在红军的队伍里，自己是一个真正有用的人。

舅姥爷说，那时红军战士对他的好，简直都表达不了。遇上战斗时，他们掩护医疗队员，掩护伤员们撤退；战斗休息时，他们把歌声、笑声、欢呼声送给医疗队；遇到吃饭时，他们把最好的饭菜、最好的干粮送给医疗队……

那个吹冲锋号的小孩，还拿出几块军团首长给的饼干，硬是塞给舅姥爷吃。舅姥爷的眼睛湿润了。

听人说，小孩是从湖北跟着红军过来的。他家在黄陂，幼年时父母双双饿死。他给地主家放牛，也是吃不饱穿不暖。红军路过他们村庄时，小孩铁了心要跟着队伍走。部队上的人觉得他小，不同意，但他偷偷地跟着，走了几百里后，终于被队伍发现，并成为红军里的一员了。

舅姥爷问："你叫什么名字？"

小孩说："大家叫我铁蛋。"

舅姥爷说："以后，我也叫你铁蛋！"

小孩笑了。舅姥爷从此与铁蛋也成为特别要好的朋友。他们有时在一起玩，有时一起听团长赵向前休息时给他们讲课，每次，他们都听得热乎乎的。

8

不再奢望上一线打仗的舅姥爷，还特别好酒。

这个毛病是他与舅太爷出诊时染上的。那时，在故乡黄安，每逢出诊时，遇到天气寒冷，或是天黑一个人怕走夜路，再或是碰到富有人家，舅姥爷一般都要喝酒。因为喝酒可以御寒，可以壮胆，可以饱餐陶醉一次……

在国民党队伍当兵时，舅姥爷与勤务兵张德贵经常喝酒。那时，队伍里的兵上了街，经常明抢暗夺，因此舅姥爷随时可以喝到。参加红军后，他一年也难得喝一次，但只要遇上一次，他必定会醉一次。

舅姥爷有时在为战士治疗时，闻到酒精味，有时鼻子会不由自主地抽动一下，但他自己会摇摇头，作罢。

有一天，部队打了胜仗，缴获了一些当地的酒。团长让人拿送了一些给医疗队来，还没开饭，舅姥爷便盯上了。

当连长宣布开饭时，舅姥爷不吃菜，几乎是抱着酒喝。结果，连队里的饭还没吃完，大家发现舅姥爷不见了。

有个兵说："周大福……是不是逃跑了呢？"

正在喝酒的连长一听吓坏了，周大福要是跑了，那还了得？

他一声令下："赶紧找，生要见人，死要见尸！"

大家慌乱起来。结果，刚走出营地，便看到地上躺着一个人，一翻身，果然是周大福！他一醉，差点耽误了急救伤员的治疗。连长批评他，他只是笑嘻嘻的，说："误不了事，误不了事……"

没多久，嗜酒如命的舅姥爷，突然听说滴酒不沾了。

原来舅姥爷在部队上戒酒的原因，是为了铁蛋。

十四岁的铁蛋，与十八岁的舅姥爷相识后，经常跟在舅姥爷屁股后，帮他递这递那，成为舅姥爷的小帮手。

看到舅姥爷喜欢喝酒，铁蛋动了脑筋。他当吹号员，与许多军团长都熟悉，没事时去首长那里蹭酒。

"首长，行行好呀，把你的酒分一点给卫生队啊。"

"小鬼，要酒做么事？莫非你这么小，就成了酒鬼？我们红军可不欢迎酒鬼啊。"

"报告首长，是给卫生队的伤员用啊。没有碘酒，伤口有时化脓，有酒消毒，好得快。"

首长笑了。于是，酒也被铁蛋弄到手了。他将酒拿回来，对舅姥爷说："这是某某的，好酒，可以给伤员擦洗或消炎；这是某某某的，酒稍差些，喝起来还有味道……"舅姥爷两眼放光，哈哈大笑。

酒稍上头，他便与铁蛋吹嘘起行医的经历。"有一次，你知道不？你当然不知道，那时你小嘛。我给我们黄安县某某村的一个人手术，你知道不？他急性阑尾炎，痛得满地滚，但没有麻药，么也没有。就一把刀，我放在火上烧，烧红了，你知道不？然后呢，我就按照书上说的，把它割了。你相信不？肯定不相信，但是真的。后来病人好了，还给我送了一块腊肉。你知道不？我父亲也不信，但事就在那摆着。父亲说，你从来没有做过手术呀。我说，我没有做过人的，但做过猪的，我在猪身上试验过。他们都不知道啊。我那时想当个名医，你知道不？我要超过我父亲啊……"

舅姥爷话匣子一打开，便没完没了。往往是月上三更，铁蛋的瞌睡已经起了，双眼皮打架。舅姥爷却还在自讲自说。

一个说自己的，一个睡自己的，他们聊得挺开心。

可惜好久不长，铁蛋伤好后迅速回到了部队。走的那一天，铁蛋对舅姥爷说："周半仙，等我上了战场，我一定要给你弄瓶好酒喝。"

舅姥爷依依不舍，拉着铁蛋的手送了好远。他们都哭了。那是舅姥爷在外面，第一次为一个不是亲人的人哭。

团长赵向前说："革命战友的友情，就是比山高，比海深呀！"他又说："但是，铁蛋要上前线了，周大福你也要救伤员了。别磨磨叽叽的。革命队伍不能磨叽，磨叽怎么能打胜仗！"

他们终于分开了。铁蛋抹着泪走，舅姥爷抹着泪回。舅姥爷说："总有一天，我们会见面的。"舅姥爷没想到，这却是他们最后一次见面。

战士们说，铁蛋在连队吹号，学得相当的快，虽然他不懂音律，但只要你哼出歌来，他的号声便能马上跟着来。因此，每遇到战斗，大家都在等他吹冲锋号。真是一个好苗子啊！赵向前团长对人说。他特别喜欢部队每次冲锋时，铁蛋能将"嘀嘀嗒嘀嘀……"的号声吹得格外的响亮，那是多么的激昂、多么的撩动人心啊。的确，只要铁蛋一吹号，那号声刺入耳孔，撞进鼻子，让男人们全身都血液沸腾，仿佛脚下踩了个风火轮，战士们不顾千难万阻，只是一个劲地往前冲。

没想到，在一次战斗中，一颗子弹击中了铁蛋。当他被送到舅姥爷的医疗队时，眼睛已经睁不开了。

一个战士将一个小铁瓶交给舅姥爷："这是铁蛋死前，说一定要交给你的。他放在身上藏了好些日子了。"

舅姥爷没有打开，他接过来，便知道那是一瓶酒。那个小铁盒的酒，直到后来过草地，酒老爷从来没有打开，更没有尝过。

没想到，有一天，团长赵向前顶着黑夜来帐篷里找他。

赵团长大声喊："周大福，我来了!"

舅姥爷在给伤员治疗呢。他啊了一声，头都没有抬。

团长有些失望。他来到舅姥爷的身边，说："周大福，我给你带什么来了? 猜猜。"

舅姥爷说："你能带什么来? 少给我带伤员来，就是万幸。"

团长说："你还是猜猜。"舅姥爷猜不出。

赵向前说："真没趣。"说完他从屁股的口袋里掏出一瓶白酒来，说："你看……"

还没说完，团长赵向前便迫不及待地用牙咬开瓶盖，只听牙齿咯嘟一下，接着听到咕哝一声下去，一口酒已下了肚子。

一股酒香飘散开来，团长赵向前还以为舅姥爷会与他抢酒呢。但舅姥爷只是看了一眼，不说话。

赵向前说："周大福，泸州老窖呀，这可是一个川军逃跑时丢了的。"

舅姥爷说："我已经戒酒了。"

赵向前不相信。他说："你会戒酒? 那就像我们不想打仗一样，可能吗?"

舅姥爷说："我真的戒了酒。真的。"

等舅姥爷包扎完伤员后，团长赵向前又笑了起来："你说可笑不可笑？这些川军，上战场时不是喝酒，就是喝鸡血，有的也喝猪血牛血，还有的，吃鸦片！不吃鸦片打不了仗！"

舅姥爷好奇地问："团长，他们为么事要喝酒和动物的血咧？"

团长笑了："还不是迷信！喝酒可以壮胆呀，他们被红军打怕了，借着酒劲往前冲，怕中枪，认为喝动物的血可以避邪呢！"

舅姥爷说："能不能弄一些鸦片来呢？"

赵向前说："要那干啥？"

舅姥爷说："有些战士实在是太痛苦了，听说吃那可以减轻一些。特别是手术时。"

说完，舅姥爷将团长赵向前刚才喝的酒慢慢收回来，对他说："团长，这个不能浪费呀。伤员用得着。"

赵向前说："你喝吧……是专门给你带来的。"

舅姥爷摇摇头说："还是留给伤员们喝吧，可以镇痛呢。"赵向前竖起大拇指说："周大福，这下你有些像个红军战斗员了！"

过了几天，团长赵向前真的从前线弄回了一些鸦片。但他规定："只能给重伤员镇痛时用！"又对舅姥爷说："周大福，你晓得不？那些川军，吃了这个能打一会儿仗，但吃多了，就没了战斗力！这东西可不能放开！"

舅姥爷说："团长，你放心吧。我有适项（分寸）"。舅姥爷想不到，许多年后，当革命胜利了又遇上运动时，他因为给伤员吃过鸦片，此事还作为罪状之一挨过斗呢。

那时中国已没有鸦片。但那些斗他的人问他吃鸦片的感觉。舅姥爷说："那就是腾云驾雾，欲死欲仙，最后重重落在地上，却轻如羽毛！"红色小将们不懂，还挖根问。

舅姥爷说："弄些酒来，我表演给你们看。"

小将们还真的给舅姥爷弄了一大壶酒来，舅姥爷就着地瓜，开始饮酒，当一壶酒见底，他走起路来摇摇晃晃，歪歪扭扭，像个小丑，才几步就倒在地上，还扭过头说："吃了鸦片，就是这样的……"说完，舅姥爷倒在地上，竟然睡着了。那些小将们拿他没法，踢他几脚，见没有动静，便只好又去斗别人了。

9

一九三四年妇女独立团成立后，舅姥爷的队伍中，也成立了专门的医疗队。他开始真正喜欢起医疗工作来了。为什么真正喜欢上了呢？这中间有故事。这一段历史，舅姥爷讳莫如深。但他虽然不讲，我们后来还是从姥姥那里拐弯抹角的搞明白了。

其原因，就是医疗队有关。

此时，英雄的红四方面军在万源已彻底打破敌人的六路围攻，东西两线均取得重大胜利。特别是九月十一日，红军攻克巴中，继以主力向敌做大纵深迂回，待进至黄木垭地区，将正向反退之敌十余个团全部包围歼灭，仅此一身，便毙、伤、俘敌旅长以下一万四千余人。二十二日，四方面军乘胜前进，又克苍溪，其他各部又分克复仪陇、南江等城。至此，历时十个月的反六路围攻作战结束，红军总歼敌八万余人，缴枪三万余支，炮百余门。

就在红四方面军休整总结之时，十二月十九日，中央军委为执行黎平会议决议，要求"四方面军应重新准备进攻，以便当野战军继续向西北前进时，四方面军应钳制四川全军的军队"，以策应中央红军的行动。

在这个美好的修整期，舅姥爷遇到一生中从来不提的另外一个人。战地医疗队成立后，突然进来了一批姑娘。

团长赵向前对舅姥爷说："周大福，给你派个人手，一边帮助你的工作，一边向你学习治疗。"刚说完，一个姑娘跳到舅姥爷面前敬礼说："你好!"然后，她伸出手来，舅姥爷一边后躲，一边手足无措。十九岁的舅姥爷，见到十七岁的四川姑娘张丹桂，脸红，心跳，转身跑。

　　赵向前喝住舅姥爷："周大福，跑什么跑? 以后天天要与你一起工作呢。"

　　当然，这些对话只是我今天的想象。舅姥爷当时见到张丹桂时，究竟是怎样的心情，后来又发生了怎么样的故事，像一阵风一样，有时传得像真的，有时听起来又像假的。

　　舅姥爷晚年时，我喜欢绕着弯子逗舅姥爷讲故事。他的每个故事都说得有头有尾，讲得有声有色，但关于张丹桂的故事，舅姥爷从来没有开一个头，也没有结一个尾。往往话题扯在此时，他总是打个岔，或仰头装作说别的东西，一晃便过去了。

　　后来，听舅姥爷的战友说，那些年，由于经历了连绵不绝的战斗，舅姥爷身边突然多了一个女孩，他的生活一下子丰富起来了。我们黄安人原来非常封建，从小怕与女伢打交道。舅姥爷从小便跟着舅太爷学医，还不懂男女间的事。但张丹桂天天跟着他，吃饭、看病、换药、打针、洗伤口、包扎、安慰伤员……舅姥爷身后像是跟了一个尾巴。

　　那时，红军战士中最常见的病是疟疾、痢疾、疥疮、下肢溃烂……只要不打仗，战士们不是在挠痒痒，就是在打摆子。这些小病，舅姥爷用祖传的中草药一般都能及时救治。

　　张丹桂经常跟在舅姥爷身后，以钦佩的目光看着他说："周大福同志，你怎么这么聪明呢? 这么小就学会了看病? 我什么时候能学会呀。"

　　舅姥爷的脸一定是红了。他的回答都是相当严肃的："这个嘛，你努力学，一样也会了。"

　　张丹桂真的学。她什么都问，什么都好奇。舅姥爷很有耐心，他什么都答，什么都能讲出几条。

有一天，张丹桂说："周大福同志，你能教我号脉么？"

舅姥爷说："这个嘛，需要实践，不是一般人能学会的。"

张丹桂说："大福同志，我要学嘛。"

舅姥爷便教她号脉，先是在病人身上号，教她如何"望闻问切"。后来病人少了，不号了。

张丹桂不干："大福同志，可以在我身上号呀。"

舅姥爷的脸一定又是红红的。他说："你没有病，号个么事脉！"

张丹桂说："那也能听到心跳，也能预测有没有病呀。"

舅姥爷不干。他从来没有握过张丹桂的手，两个人在给伤员看病时，即使偶尔手与手相遇，舅姥爷也是像触电似的缩了回去。

其实往心里说，按我舅姥爷的性格，他一定是想握一下张丹桂的手的，那手多白呀，那脸上的笑容多甜呀，那眼光多炽热呀。

但舅姥爷不敢。越是随着时间加长，两个人变得熟悉得不能再熟悉之后，他一旦有了这个想法，便开始在心里责备自己，"怎么能有这个想法呢？"

的确，战斗每天都在进行，几乎每天都有伤亡。舅姥爷跟着卫生队，忙得不可开交。所以，当别的想法一出来，他就会责备自己。加上此时，红四方面军接到中央军的电令，要求"集中全力向嘉陵江以西进攻，配合中央红军北上"。在攻克羊模坝，歼敌胡宗南部补充旅第一团后，由于围攻昭化、广元未攻下，二月初，部队撤回嘉陵江东。二月三日，陕南战役开始。随后，四方面军一路凯歌，到三月下旬，强渡嘉陵江战役胜利结束。

舅姥爷没有空闲来想这些问题。部队几乎天天都在行军打仗，伤亡都很大。白天，舅姥爷要抢救伤员，有时到了夜里还有伤员不停地抬进来。红军的伤员从五六十岁到十三四岁的，什么样的人都有。舅姥爷有时忙得两眼一松，就要打瞌睡了。这时，只要是张丹桂的笑容出现在面前，他的瞌睡又一下子无影无踪。

张丹桂对舅姥爷是充满崇敬的。没事她便问："你这样年轻，怎么就学会了医术咧？"

舅姥爷说："我从小就在山里，山里的什么草、什么花都能叫得上名字，哪种草、哪种花、哪种根能治什么病，我都一清二楚。"

舅姥爷说这些有点骄傲。他其实隐瞒了一部分。那就是舅太爷在他刚识字的时候，便要他背《本草纲目》，要认身边的各种花花草草。而他小时见了字就头痛，见了各种味道的花草就恶心。只要背不出来，或是逃了课，舅太爷必定在后面追着一顿暴打。

张丹桂以欣赏的目光打量着舅姥爷。舅姥爷那时穿得其实也破破烂烂，红军的衣服一般都是旧的。

舅姥爷躲避张丹桂，绕开话题："张丹桂，你说说，我们还会往哪里打呢？"

张丹桂是四川人，她说："我希望就在四川扎下根，在这里有饭吃。"

舅姥爷说："恐怕不会啊。"

张丹桂说："你说会往哪里打？"

舅姥爷说："我听赵团长说，中央军要我们集中全力向嘉陵江以西进攻，配合中央红军北上啊……"话说出口，舅姥爷后悔了："张丹桂，我偶尔听到的，你可别对别人说啊。说了要掉脑袋。"

张丹桂说："你放心，我肯定不说，我怎么舍得你掉脑袋……"说完，张丹桂笑着跑了，让舅姥爷一个人在原地发呆。

结果，战斗真的打起来了。从三月上旬到四月中旬，红四方面军共歼敌上万人。有人说，从渡江时起，红四方面军就开始了长征。到月底，红四方面军决定向岷江地区发展，积极策应红一方面军过金沙江北上。

伤员开始如潮水一般涌来。

在舅姥爷的记忆里，攻占土门的战役最为曲折。先是第九军、第三十军和第三十一军一部，分左中右三路，向土门发起总攻。激战当日便占领该地。敌先后在该地区投入兵力约二十个旅，被歼灭一万余人。

小小的医疗卫生队里，挤满了大量的伤兵。

舅姥爷跟在别的医生后面，分拣、擦洗、手术、救治……只要坐下来，他便开始打盹。

"周大福，又来了一个，腿断了……"

"周大福，这个伤兵眼睛看不见，么办咧？"

"周大福，快来手术呀，这个小兄弟的肠子都出来了！"

张丹桂的声音无处不在。

那时张丹桂的声音是个巨大的安慰。舅姥爷得以保持清醒，并且最大限度地与其他队员们一起，尽可能地及时抢救到每个伤员。

舅姥爷在那一刻开始有了少有的沉静。

让舅姥爷悲伤的是赵向前，在攻打土门时，冲在最前面，结果，他的一只胳膊被打断了。

赵向前被送来时，基本上是昏迷的。勤务兵进门便哭着大叫："周半仙，快来救我们团长呀。"

舅姥爷出来，掀开一看，倒抽一口冷气："妈呀，这是什么事啊！"

只见赵向前的一只胳膊，只剩了一点骨头还连着，皮毛还沾着筋。赵向前已不省人事。

舅姥爷哇地一边哭，一边喊张丹桂："快些跑，还傻着站，看什么看！赶紧拿消毒的酒精来，全部拿来，别舍不得……"

他们连忙将赵向前放在案板上，一堆人围了起来。舅姥爷说："我来手术，这只手，恐怕只有锯掉……"一说，他自己先哭了。拿刀的手，对着赵团长的胳膊，却怎么举着也放不下来。

张丹桂喊："周大福，快些呀。"

舅姥爷闭上眼，轻轻地下刀，团长赵向前那只粘连着的血肉，一下子全分开了。

从此，舅姥爷见到团长，都要主动自责："团长，是我的医术不精，让你只有一只手呀。"

赵向前哈哈大笑："周半仙，没有你，我的命可能都不在了，半只手算什么？你是我的救命恩人哩。"疗养期间，他又拿舅姥爷开玩笑："张丹桂，你们的周半仙神呀。我昏迷了四五天，还是让他叫唤回了，阎王爷说，周半仙的病人，不敢收哩。"

张丹桂哗地一下笑了。

舅姥爷也跟着笑了。在他的革命生涯中，那是极其美好的季节。五月的南方，四处莺歌燕舞，杂花生树，生机盎然。特别是成片的油菜花在阳光下摇曳，成群的蜜蜂在空中嗡嗡地飞舞，张丹桂穿着一袭红衣出现在舅姥爷的视线中，远远看去，像一只自由飞翔的小鸟出没，舅姥爷一边感到满足，一边觉得生活无限美好起来。

到了下旬，传来了三十军政治委员李先念、九军军长何畏各一部迎接党中央的消息。特别是当红一与红四方面军的先头部队在夹金山北麓胜利会师的消息传来，整个部队每天充满了一片又一片的欢呼声。

"你们听说了吗？六月十八日，毛主席见到三十军政委李先念了啊。"

"听说了。我们听说他把三十军所有最好的物品都给了中央军。"

"你们知道吗？中央红军一路打得非常艰难，他们缺衣少食，穿得很破烂，但士气很旺。"

"不要瞎白话，中央军是百战百胜的。连张国焘政委都表示，'以十二万分的热忱欢迎我百战百胜的中央西征军'呢。"

"是呀，是呀。都是红军，都是为了革命，为了劳苦大众……"

"两军会合，这下革命的力量强大了，中国的革命形势一定会发生大变化了。打倒蒋介石马上将成为现实……"

听着人们的议论，舅姥爷心里在高兴的同时，又乱糟糟的。他在想，如果革命迅速胜利了，他打回家乡黄安，那会是一种什么景象呢？

舅姥爷心里没有准备。

10

没有任何心理准备的舅姥爷，就被两军会师后的各种景象迷惑住了。松潘战役还未打响，部队已过了毛儿盖。按照军委规定，红军分为左、右路军北上。

长征开始了。

舅姥爷被编入左路军。出发之前，他说："我要一匹马。"

当时马很稀少。舅姥爷的请求第一次并未通过。但他固执地认为："我必须要有一匹马，用来驮药草和医疗工具。"

他的倔强打动了团长赵向前。

赵向前说："将我的马给他。你们知道，带上一个医生打仗，比带一挺机关枪还管用。"舅姥爷得到马后，从此，伴着这匹马，走上了他认为自己一生中最长最难的路——雪山、草地，那是不知埋葬了多少红军战士的地方。

在舅姥爷的记忆里，以往的战斗虽然艰苦，伤员也多，但那是一种面对面的、刀对刀的、刺刀见刺刀的战斗。但眼下，雪山草地那极端恶劣的自然环境造成的痛苦和牺牲，是那样无声无息。到了老年，舅姥爷的记忆被无限拉长，仿佛总有一段停在原来的路上。

"伢啊，雪山海拔在五千米上下，终年积雪，经常刮起七、八级甚至十级以上大风。山上除有少数民族走过的羊肠小道外，根本无路可寻。其实部队上山前已经询问了当地人，选择了最好时机，并有向导引路，还向全体指战员进行了教育，要求大家做好防护准备，比如用有色棉纱保护眼睛防止雪盲；上山的当天，食足穿暖并带开水；每人准备一根棍子，用于探路或做拐杖；上山时要缓慢行进，一个脚印跟着一个脚印，以免陷进雪坑。但即使如此，爬雪山时大家还是感到意想不到的困难。每走一步都非常吃力，个个气喘，面色青紫，明显缺氧，这实际上就是高山反应不全症，不过，那时我们不知道这个病啊。"

过草地时，舅姥爷跟在三十军。这是永远在打恶仗的队伍，李先念的脸上永远是严肃的，沉郁的。

部队从甘孜出发，经阿坝到腊子口共走了四十多天。

"伢呀伢，草地一望无际，海拔在四千米以上，空气稀薄，气候多变，时雨时风时雹，遍地有草无木，除小山坡略干燥外，大都是水草地，行走时只能踏着草丛墩子走，稍一踩偏，就可以陷入泥坑……"

因为空气稀薄缺氧，战士们一个个面色如土，行军的速度明显慢了下来。有的战士即使缓慢行走，也感到十分吃力，呼吸急促，甚至跌倒。

舅姥爷晚年讲起这一段特别生动。他说，在这种情况下，他们甚至用注射强心针或樟脑酒精嗅闻的方法治疗了一些病人。

然而，一个新的问题摆在眼前：他们没了粮食！四十多天时间里，他们带的粮食早就吃完了，整个部队普遍的缺衣少食，饥与寒交迫，许多人倒下就起不来了。

舅姥爷说："我们采集野菜充饥，甚至把皮带、皮鞋烧焦煮熟吃。卫生所有十余人，发给我们一头牦牛驮粮食，等粮食吃完了，我们只好把它杀掉吃了。"

舅姥爷遇到最大的问题是，他们要杀他驮药品的马。他不干。

"你们杀了我也行，不能杀马。杀了马，这些东西么样能带走呢？这些器械，都是战友们用生命换来的呀。"舅姥爷说。

他一说，赵向前团长沉默，说："同志们，我们再忍忍。看看能再找一些什么吃的！也许，这马上的器材，将来是新中国一所医院的未来呢。"

据舅姥爷晚年回忆，"红四方面军翻越五千多米的折多雪山之前，随红四方面军行动的总卫生部，向部队下发了预防冻伤和雪山救护工作的指示，补发了一些急救药品。总供给部弄到一批准备在行军路上宰杀的活牛羊，分给部队和医院，并为医院的伤病员用牛羊皮制作了防寒衣帽、鞋、袜、雨具等。但由于选择的路线曲折，路程较远，时间又长，仍发生了吃的困难。为了给部队找到能吃的东西，当时有的同志误吃有毒的蘑菇、大黄叶而上吐下泻。为此，朱德总司令和董振堂军长冒着自身中毒的危险，亲尝野草，发现可食用的苦莱、灰莱、齐莱。总卫生部在《健康报》上还专门出版了一期介绍可食用的野生植物的种类及如何识别的常识。"

有一次，张丹桂说："周大福，你的马比金子还贵？让大家吃这样那样的菜，舍不得杀马？"

舅姥爷说："这些药品器材贵重，马也显得贵了。"

的确，那时舅姥爷他们拥有的药品器材补充，一般来自于三个渠道。一是靠每打开一个城镇后就地征购，二是沿途没收帝国主义分子和土豪劣绅经营的医药器材，三是从敌人手中缴获。但无限的战斗，得到的药材毕竟有限，所以，部队还是不得不把着眼点放在草药上面，依靠就地取材来解决。

为此，舅姥爷往往这样吩咐张丹桂："用西药治疗伤员，用中药治疗病员。"

张丹桂跟着舅姥爷一起工作的时间长了，她懂得用药和节约。凡是敷伤用的棉花、纱布、绷带等，每次她都是用过后洗净消毒再用，用食盐水洗涤伤口，用红汞碘磺纱布换药。最困难的时候，张丹桂学会了经

149

植物叶子、喇嘛经文用纸蒸煮后代替纱布，以蒸煮后的羊毛代替脱脂棉，以动物油脂代替软膏。而将仅有的一些强心、止血、镇痛等西药，只用于危重病人。

这个时候，舅姥爷的功用又显示出来了。他是中医世家，西药没有，中草药却易于到手，沿途到处都可以收购麻黄、柴胡、大黄、具木和黄连，稍加炮制即可使用，这对治疗感冒、肠胃病等起了很大作用。

舅姥爷晚年吹牛时也有了资本："红二、红四方面军都有一些中医师，如我们四方面军总医院，就设有一个由中医、中医药人员组成的中医部和中医师训练班，受到伤员的好评。"

长征开始时，卫生队员都是用担架抬着伤病员行军，由于气候太差，前后的距离迅速拉得很大，要跟上部队前进的速度很困难。特别是夜间行军，几乎天天都有雨有雪，坡陡路滑，不易行走。

舅姥爷曾认为，自己最不怕的就是走路。在舅姥爷眼里，红军过雪山草地，似乎感觉那是一条世界上最长的路。连他这样号称铁脚板的人，每天都走得昏天地黑。似乎脚还在自己身上，又似乎不在自己身上……

更让他难受的是，沿途都在死人。过雪山时有死的，踏草地时有死的，有病死的，有冻死的，有饿死的，有摔死的，还有陷入泥泞里死的。

张丹桂总是哭。舅姥爷觉得奇怪，张丹桂为什么还能哭。在他眼里，一般的红军，包括妇女团的，都不轻易眼泪。好像眼泪都流尽了。无论战与不战，部队天天都在减员啊。

但张丹桂一哭，舅姥爷便觉得六神无主。仿佛前面的路，永远没有尽头。

舅姥爷与张丹桂还分管一副担架，上山时在后面推，下山时在后边拉。跟他们一起的民工，因为瘦得像麻秆，有时舅姥爷让张丹桂牵着马，自己替换民工抬担架。到了宿营地后，舅姥爷还要先为伤病员安排食宿，然后抓紧时间察看伤情，进行治疗。

舅姥爷说："那时，我们根本没有时间躺下休息啊，我的背包，有半个多月都未离开过肩，实在困乏了，我跟在马后，拉着马尾巴打个盹。"

舅姥爷最害怕的，是路过敌人的封锁线时。那时，他拖着麻木的双腿，要用小跑的速度在限定的时间内迅速通过。

"掩护的部队一到点，便要撤走。走慢了，我们就会有掉队的危险。"舅姥爷对张丹桂说。

有一天，她实在走不动了，对舅姥爷说："周大福，你们走吧，我走不动了。"

舅姥爷说："快走啊。不走就被敌人追上啦。"

张丹桂说："你们走吧，我要是牺牲了，将来要把我算在烈士里啊。"

舅姥爷说："不行！这样牺牲了不算烈士，将来还会说你是逃兵。"

张丹桂以为真的，害怕了："周大福，你拉着我走吧。"

舅姥爷脸红了。他说："你拉着马尾巴走。"

张丹桂说："我不敢，我怕马踢我。"

舅姥爷说："你放心，红军的马不踢红军。"

张丹桂还是不敢。终于有天夜里，张丹桂说："周大福，我怕，你拉着我走吧。"

舅姥爷的脸一定红了。但那样的夜晚，一般人也看不见。舅姥爷开头还很犹豫，但最终，他终于握上了他心里曾多次盼望握着的手。

那是一种多么美好的感觉啊。舅姥爷一下子觉得，脚下的路也不长了，艰难的泥泞地也不再难走了。天上的星星在看着他们，舅姥爷觉得寒冷的夜里不再寒冷，他忽然觉得发热，心口发热，手心发热，最后连呼吸的空气都带有了热量……

可以想见那样的夜晚，在舅姥爷一生中是多么漫长！他一只手拉着马尾巴，另一只手拉着张丹桂，行进在美好的冰凉的夜色中。

那是舅姥爷一生中，最为隐秘的情感。

他们走得那样踏实而又坚定。

条件如此艰苦，但舅姥爷却希望一直能这样走下去。哪怕前面永无尽头，哪怕前面仍是冷雪寒霜。

因为，有了张丹桂的手，舅姥爷觉得脚踩的，都是希望。

然而，包座之战打通了北进甘南的门户之后，张国焘命令红军返回阿坝。同时致电中央，反对继续北上，主张南下！

历史，在这里拐了一个大弯。许许多多的人，包括舅姥爷，命运从此发生了改变！

11

"一方面军一、三军北上了！"

"张国焘总政委在阿坝召开会议，要求四方面军南下！"

"中央军抛弃我们了！"

一时，各种说法在四方面军中迅速传开。

舅姥爷他们接到命令，不再北上了，而是重新南下。

"打到成都去吃大米！"

舅姥爷听到这个口号时，作为南方人，他像那些四川兵对此表示热烈欢迎。至于为什么停止北上，为什么又要南下，中央军和红四方面军发生了什么，舅姥爷那时完全不知道。

他们喜欢四川的山和水，喜欢那里的花和树，而北方全是沙和土，灰与尘。

到了晚年，舅姥爷还骂张国焘："一粒老鼠屎带坏了一锅粥啊！我们的命，全部从他那里改变了！"

舅姥爷的话里，全是叹息。因为当时张国焘致电中央，坚持南下，声称"南下为真正的进攻，绝不会做瓮中之鳖"！

红四方面军的队伍，一下又重回原来的道路。虽然路都是熟悉的，但天气并没有什么好转。

舅姥爷说，"我们红四方面军的长征路最长，三过草地啊。第三次过草地时，总供给部和各军供给部自筹购到一批酥油、糌粑和帐篷，发给每人十五到二十斤糌粑和三双草鞋。但东西很快就吃光了。更糟糕的是，有位同志的右脚便被反动军队布下的竹签阵穿透了。那是一次夜间急行军，我们前有堵截，后有追兵，一位战友突然脚心一阵剧痛，落在地上再也迈不动步子。大家提来马灯一看，一根竹签穿过了他的右脚脚掌，脚背上还露出长长一截。"

虽然受伤只是一瞬间，但此后，这位战友被伤脚折腾苦了。"我们的队伍连续行军，根本没有机会停下来养伤。他的伤口化脓了，我只好让战友们将纱布裁成窄长的细条，蘸了水穿过伤洞，来回扯动，清除里面的脓血。每拉扯一下，都伴随了钻心的疼痛，但有什么办法，那是在缺医少药环境中遏制进一步感染的唯一办法。"

熬到九月下旬，左路军的部队全部集结于马塘、松岗、绰斯甲以北的地区。

十月五日，在舅姥爷的记忆里，这个日子就像一块耻辱的布。因为在卓木碉，张国焘宣布成立第二中央。

舅姥爷他们那时不知道，这是背叛党的行动。他们认为，张国焘一切都是对的，连陈昌浩、徐向前都沉默了，所有的红军红战士都以为从此革命要靠红四方面军了。

就是在这样的休整时间里，卫生工作开始提高到另一个层次。那时，一部分卫生人员跟总卫生部编入左路军后，随红四方面军一起行动。到了十月中旬，红四方面军再次南下到达松岗、天全、芦山后，总卫生部让红军的卫校复课。舅姥爷还作为地方中医代表，忙里偷闲，去讲过几次课。

舅姥爷说："当时，卫校除招回未毕业的军医班学生外，还招收了红四方面军的卫生干部和一批二十岁左右的青年女同志，共三百余人到卫校受训。"

舅姥爷对卫生工作充满了骄傲，"这时，卫生学校的校部由总卫生部兼任，派陈志方担任校长，周越华任政治处主任，孙仪之任教务主任兼教员。当时任教员的还有苏井观、许德、周泽藻等人。更让我们激动的是，开学那天，贺诚部长亲自到会讲话，勉励教职学员在艰苦的条件下继续办好教学，为壮大红军卫生工作队伍，为保障部队健康做出贡献。"

卫校的学员们群情激昂，雄心激荡。当时的学员，都是从各部队选派经过考核录取的，年龄都在二十岁上下，具有一定文化程度，政治素质好，身体健康，人人才能刻苦学习，奋发进取，加上互相帮助，对教员讲授的内容都能理解掌握。特别是军医班学员，经过十个月学习，于一九三六年七月，在炉霍举行了毕业典礼后，全部走上了工作岗位。

接着，队伍继续南下。连绵的战斗，一场又接着一场。

我舅姥爷甚至喜欢上了这种气氛。他们天天都在高压下奔跑，与敌人奔跑，与自己奔跑，与气候奔跑……而舅姥爷，觉得自己还在与爱情奔跑！

张丹桂的手，越来越多的握在了他的掌心，握在了他的手里，握在了时光的隧道，握在了胜利的消息中。

百丈一战，四方面军杀敌万余，自身却也伤亡过重，从此转入守势。张国焘开始处处碰壁。

特别是一九三六年一月林育英代表共产国际两次电告张国焘后，在任家坝召开的会议上，从来斗志昂扬的张国焘，忽然失声痛哭，表示同意瓦窑堡会议决议。二月，红军总部和红四方面军领导人，一致同意中央提出的第一方案，北上与陕甘与中央会合。

在舅姥爷的革命史上，这是一个分岔口。

看着那么多的伤员，方面军决定，留下一支小分队照顾和分散伤员，以图后谋。

舅姥爷被选中了。

舅姥爷后来无数次进行人生回顾时，都对这一段进行了各种假设与分析。最终，他得出结论，之所以留下他的原因，一是因为医术较好，二是因为年轻，三是对南方的情况比较熟悉，四是能迅速适应当地环境……

这些假设，被舅姥爷列了无数次。甚至在红卫兵后来揪斗他时，他对此也是如此假设，相信组织上是这样考虑的。但组织并未有只言片语留下，舅姥爷关于留守只是历史的迷雾。

舅姥爷说，他当时就哭了。"我不愿意留下，我要跟部队一起走！"

赵向前团长严肃地说："你必须留下，你是医生。对情况熟悉。"

舅姥爷突然觉得有种被抛弃的感觉。长征开始，过雪山草地，然后南下，又翻雪山回来，现在，他们又要去过雪山草地，自己却被留下了。

舅姥爷那时并没有想到留下是否安全。四处都是敌占区，部队一走，国民党的、川军的部队如潮水般涌来。他突然觉得孤独。更孤独的东西，在于内心。

那是因为，他要与张丹桂告别了。

在组织最终决定后，在部队一夜之间撤走之前，张丹桂也哭了。那是真正的哭啊。在舅姥爷的眼里，那种哭，一定是撕心裂肺。

那一夜，舅姥爷和张丹桂坐在河边的石头上。他们已习惯了组织的安排，因此没有任何东西和理由可以作为抵抗。

"明天我就走了，你要记住我啊。"张丹桂说。

"你要记住我才是，你们跟着大部队，我留下还不知会怎么样呢。"舅姥爷的泪来了。

他不想掉泪，但泪水就在那里静静地流淌。舅姥爷握着张丹桂的手，仿佛一下子就会消失了。

"我们都要活下去。"张丹桂说。

"是的，我们一定要活下去。"舅姥爷说。

最后，他们在夜里紧紧地拥抱。那是舅姥爷年轻时，第一次拥抱一个异性。可能也是他一生中，除舅姥以外，最后一次拥抱一个异性。

分别时，他们没有哭泣，没有道别。第二天一早，上万人的队伍一夜之间从舅姥爷眼前消失了。偌大的甘孜、炉霍、绥靖，一片白茫茫的水草，在阳光下反射着光芒。

舅姥爷与张丹桂分别了。这一分别，便是永别。

许多年后，舅姥爷辗转听到张丹桂的消息时，是从一本描写西路军女战士的书上。原来，张丹桂在红四方面军与一方面军再次会师后，编入西路军行动，在河西走廊那块令红四方面军将士的伤心之地，历尽了九死一生，终于活了下来。她既没有当官，也没有享到革命的幸福，而是被马匪围剿受伤后，为了活命，不得不嫁给了祁连山中的一个农民……

12

在红四方面军第三次重过草地时，舅姥爷领受的任务是，照顾十名不能随队行动的伤员。

关于那之后的故事，舅姥爷再也不讲，因为他只要开讲，必定会像个小孩子一样，大哭一场，最后讲不下去。

我们了解到的结果是，舅姥爷护送十名伤员，中途因病情加重死了两个，还有两个被舅姥爷安全地送回四川老家，两个送回了安徽，两个送回了湖北，一个被国民党抓获枪杀。送回安徽和湖北的四个人，在李先念新五师打回来时，又跟着去了部队。

舅姥爷从来没有讲过，他是如何在那样残酷的条件下，费尽周折把那些伤员各自送到安全地带的经历。因为脱离了部队，他心中有扇窗似乎已经永远地关闭。

关于舅姥爷的故事，并未因此打住。他在送回伤员后，自己也面临着向何处去的选择。那时消息闭塞，舅姥爷也不知道到哪里去寻找队伍。在曲曲折折的送回伤员后，无事一身轻的舅姥爷，决定先回老家看看。当他走回黄安县境，一打听，周围全是国民党的部队，都在四处抓人。舅姥爷忽然害怕了。他考虑，是以共产党的身份回家，还是装成国民党的身份回去？

最后，舅姥爷决定，还是扮成国民党回去比较安全。因为，他当初出去时就是被国民党抓了壮丁的。

舅姥爷用身上的银圆买了一套国民党的军服，大摇大摆的回乡了。舅姥爷以为，回到家里，会受到全村的热烈欢迎。但令他没有想到的是，出去参加革命六年多来，舅太爷已于三年前就去世了，整个家族一下子衰落起来，一家人的日子过得紧紧张张，栖栖遑遑。

更要命的是，舅姥爷一个本家地主周三胖，看中了舅姥家的田地和房屋，正在图谋霸占，见舅姥爷回来，便怀疑他不是国民党，去区上告了密。国民党的人听说后，正在往村庄里赶来，要抓他这个逃兵……仅仅在家住了一夜，爬在舅太爷的坟头上哭了一阵后，舅姥爷第二天一大早便又悄悄地走了。中国那么大，他能到哪里去呢？他找不到部队，找到部队还得有人证明……舅姥爷越想越不是滋味。于是，当他走到附近的麻城县时，身无分文的舅姥爷，毅然扔掉了国民党的衣服，不得不到一个地主家打了十多年的长工，直到一九四八年刘邓大军挺进大别山又解放了红安后才回来。

在十多年里，舅姥爷甚至不敢说自己是个医生，会看病。在地主家里，他除了干活，还是干活。

而回到黄安县的舅姥爷，靠着自己的手艺，迅速娶妻生子，过上了革命前想过的另外一种生活。

在家人们的眼里，舅姥爷与参加革命前不同的是，他喜欢喝酒，特别是那种高度的，能用火柴点得着的，一喝就是半瓶，一喝就醉。有时醉了，舅姥爷会莫名其妙地跑到山坳里哭上一阵……另一个变化是，舅姥爷不喝酒时，喜欢坐在墙角晒太阳，一动不动地望着远方。而远方除了山还是山，什么也没有。村庄里的人便说："这个周大福，人称周半仙，是不是有些呆了呢？"

当黄安县后来又改为红安县，并开始搞另一种革命运动的时候，舅姥爷还被当作逃兵，拉去批斗和陪斗。

舅姥爷固执地说："我是红军，是接受任务，送伤兵回来的！我找不到队伍！"红卫兵们不信。"送伤员？伤员在哪里呢？谁来给你证明呢？你要是红军，那大家都是红军了。"

舅姥爷很生气。他甚至能说出伤员的名字，但最终那些人住在哪里，事过多年，他一下子也说不清楚。那些曾经和他一起参加革命的人，后来编入西路军，多数死在了河西走廊，死在了马匪的刀下。个别能侥幸活下来并当了官的，舅姥爷却又只能从报纸上见到他们。

从此，作为革命者的舅姥爷，被人们当作逃兵，一直在村庄里忍受着一切。他也给人治病，也参加生产劳动，但话越来越少，酒越喝越多。

终于有一天，舅姥爷从掉在一张地上的破破烂烂的《湖北日报》上看到，一个叫赵向前的人，在黄石市当市委书记。

由于上面没有照片，舅姥爷想，会不会是团长赵向前呢？

舅姥爷决定去黄石市走一遭。

没路费，舅姥爷决定走着去黄石。

红安县到黄石市并不远，但舅姥爷走了整整四天。他来到市政府，说要见赵向前。

那时的干部比今天的干部更容易见到，人家通报过去，政府便让舅姥爷进门了。

远远的，舅姥爷看到一个只有一只胳膊的人，站在那里晃荡。他的泪一下子像奔涌的海水似的，喊道："团长啊，他们说我不是红军呀！"那个独臂的市委书记，见到舅姥爷，当时便搂着舅姥爷哭了："周大福，如果你不是红军，那谁还是红军呢？"

舅姥爷从黄石市回来后，整个变了个人似的，人特别精神，见人便一脸的笑。

"我是红军了！"

"我是红军了！"

"我是红军了！"

舅姥爷在村子里高声喊。

从此，舅姥爷在村庄里抬起了头。人们都知道这里也有一个走了二万五千里还不止的红军战士，为了护送伤员回来的。而且，舅姥爷得到了每个月二十五块钱的补贴。

又是几年后，舅姥爷打听到了张德贵的消息，他又跑到河南去看他。两个人在一起，又是高兴又是掉泪。

13

二〇一二年冬天，在雪花飘舞的季节里，九十多岁的舅姥爷溘然长逝。他走的那天早上，我还见过他。他躺在床上，看着我笑。那时刚好春节，我要回北京上班。他拉着我的手，摸了摸他的酒瓶。那酒是我给他买的。

到武汉坐上高铁，中午我舅舅给我打电话，告诉了舅姥爷去世的消息。

我舅舅说，舅姥爷走时很安详。不过弥留之际说了胡话。

我问舅姥爷说了什么？

我舅舅描述了舅姥爷走时的状态。说舅姥爷闭着眼，突然身体抖了起来。他蒙蒙眬眬地问："鱼腥草晒干没有？"

我舅舅当时还未反应过来。不过，当过兵的他，很快理解了老爷子的心事。他回答说："晒干了。"

"苍术根挖到没有？"

"挖到了。"

"伤员们都消毒了没有？"

"消过了。"

"药品保存好没有？"

"保存好了。"

"还魂丹练成没有？"

"练成了……"

舅姥爷听着回答，努力挤出一点笑，便闭上了眼睛。其时，屋外的雪越下越紧。在舅姥爷身边，只有一个牛皮做的空手枪套，以及一瓶未曾喝完的超过了五十八度的烈酒。

本吴庄的革命史

1

大爷爷看着曾祖父。曾祖父坐在漆黑的椅子上，不说话。夜很黑。屋子外面有风，风一吹，整个漆黑的房子都像冻得发抖一般。

大爷爷李成仁山一般地矗在屋子里。最后从胸膛中挤出一句话，大，我走了。

曾祖父还是不说话。他开始咳嗽。他咳嗽一声，屋子外的雪就从树上应声而落，遥远的大别山深处仿佛也有回声。南方的十二月冰天雪地，寒冷一片。

他们沉默好久。曾祖父才说，你真的要走？

真的要走。不走，活不下去了。大爷爷李成仁说。

兵荒马乱，走到哪儿得好啊。曾祖母说。

大爷爷说，他们说共产党是为了穷人的，我要跟着共产党走。他们凭么事抓我去当兵呢？

屋外的风紧一阵松一阵。曾祖父又沉默了。

儿啊，好男不当兵啊。曾祖母说。

不当兵，就会被他们抓壮丁，最后扛枪还不是为了富人？要当，还不如当个为穷人打天下的兵。

哥，你先走，找到部队，把我也接去啊。二爷爷李成义突然插话说。

大爷爷用手握紧了二爷爷的肩。他突然跪下，对着曾祖父磕了三个响头，站起来，头也不回地走了。

一九二七年的冬天，村庄里盛行狗叫。大爷爷走的那一夜叫得特别厉害。

我长大之后才知道，大爷爷是革命去了。他们参加的革命，后来叫作黄麻起义。原来是与秋收起义平起平坐的，但我三爷爷直到死时都在叹息：要不是换了一个叫张国焘的将领，这支从黄安城走出的军队，不会像今天这样沉寂。

2

革命是干什么，本吴庄大多数人不知道。他们只知道，革命会让人有田种，有饭吃，有衣穿。

大爷爷走后的每个冬季，每当雪花漫天飞舞的寒夜，曾祖父都坐在故乡黄安城乡下的那张漆黑的木椅上。

他不说话，一大家人都不说话。

只有我的曾祖母，一个劲儿地躲在被子里哭。她想念她的孩子，但她的孩子一直没有回来。

3

从此，革命的火种点燃了我们的村庄，烧遍了整个黄安城，也烧死了许多革命者。

我六叔是读书人。他常讲，是么事原因，让整个村子整家整户的人都出去参加革命啊。

六叔不知道，我更不知道。我仅是想，革命肯定非常神圣。

大爷爷走后的那个秋天，国民党的部队又杀回来了。他们把我曾祖父吊在树上，问他的儿子去了哪里。

我曾祖父不说话，他们打断了他的腿。他还是不说话。

国民党的部队又把他放了下来。走前说，如果你大儿子回来，不马上报告，将杀你们全家。

我曾祖母吓得在人群中哭了。

4

曾祖父不怕。他照样每天带着第二个儿子李成义和第三个儿子李成和，与曾祖母一同上山砍柴，下地种田。他们春耕夏种，秋收冬藏。

丰收的季节，村子里的地主李来福看上了我家的地，派管账的来谈判。

管家先生与曾祖父没出五服。他叹息一声说，哥啊，把那块地卖了吧，他们盯上的肥肉，吃不到，就只有敬酒不吃吃罚酒。

曾祖父不说话。

李来福的管家拍了拍屁股，走了。

第二天夜里，我家地里的麦子突然起了大火，即将收割的麦穗被一烧而光。我曾祖父对着烈火放了火铳，但没有打到任何东西。

第三天，家里来了一帮团丁，以纵火罪为名，带走了曾祖父。

无论他们怎样打，曾祖父就是不说话。

等他回来，他的第二个儿子李成义失踪了。同时失踪的，还有地主李来福家的一头牛。

164

5

村子里的人习惯听曾祖母哭。事实上，村子里那些年头几乎哭声不断。断了粮的，没了娘的，被李来福家的狗咬伤的，被国民党枪杀的，偶尔还传来死在山上的游击队里的……

坏消息虽是一个接着一个，但革命的人却更多了。

在密密麻麻的丛林里，在绵延不绝的大山中，在飘来忽去的人堆里，谁也不知道哪里有革命者。

只有不靠谱的风，在黄安城刮来刮去，还刮回各种各样的坏消息。

曾祖父坐在椅子上，他的脸上一天都难得看到一次笑容。曾祖母每天战战兢兢地在角落里，为一日三餐发愁。

后来，每当炊烟升起，村子的狗都懒得叫了。它们不是饿死了，就是被打来吃掉了。

我们黄安城乡下的房子，就是这样天长日久，被慢慢熏黑的。

我的三爷爷李成和，饿得守不住，跑到山中去找野果子。最后，从树上掉下来，摔断了腿。

6

有一天，李来福的儿子李文化从武汉回来了。他是我们本吴庄里书读得最多的人，穿着西装，骑着马，戴着眼镜，慢慢悠悠地荡回来。

李来福派一帮人到村口迎接他。结果，李文化却带着一帮从山上下来的人，把父亲李来福的团丁们的枪都缴了。

李来福说，你疯了吧。

李文化说，大，把地契烧了，把粮分了吧，你看村子里饿死了多少人啊。

李来福说，你个娼妈养的，要革老子的命了？

李文化说，人要有起码的善心，分吧。

李来福看到手下都没有枪，头一甩，进屋了。

李文化对山上来的那帮人说，分吧，我说了算。

于是，李来福家的粮就这样全被分了。李文化说，十六岁以上，愿意跟着我们走的，热烈欢迎。

我三爷爷与李文化差不多大。他胆怯地问，做么事去呢？

李文化说，我们要打破一个旧社会，建立一个新世界。

么事是新世界？

就是……居者有其屋，人皆有饭吃……

那好啊。三爷爷听了特别羡慕。回到家里，他对曾祖父说，我要跟李文化一起走。

曾祖父不说话，他盯着三爷爷。曾祖父的眼看上去很可怕，三爷爷的头慢慢地低下，再低下。最后，他不说了。村子里的青壮年跟着李文化走了近一半。

人们说，连李文化都要参加革命，可见革命多么吸引人啊。

7

李来福家的粮被分光后，他突然没事干了。有一天，他突然来找我曾祖父。

老哥，咱们聊聊天吧。

我曾祖父给他让座。但就是不说话。

老哥，你说，我养个儿子，为么事要来革我的命呢？

曾祖父还是不说话，他泡茶，还拿出了自己都舍不得尝的方瓜子招待他。

他们抽烟。阳光透过满村的树枝叶，射在他们的脸上，看上去斑斑驳驳。他们嘴里叼着的水烟袋，那一张一吸的声音在不停地响。

老哥，你说，这世界是不是要变天了呢？

曾祖父还是不说话。他们坐在那里，天气燠热无比。

李来福突然说，你的两个儿子，是不是都参加革命了？

我曾祖父不回答，在李来福走前，他只问了一句：我家的麦子地，是不是你派人烧的？

李来福说，不是。

李来福还说，我的耕牛，是不是你家李成义牵走的？

我曾祖父说，不是。

说完，他们的脸上闪着不可捉摸的微笑。

8

本吴庄地处在大别山区，山挨着山的地方。过了一山，还是一山。本来，这里少有人进来。

有一天，山外来了一大群人。这些人带着枪，进了村子给老人挑水，扫地，还四处贴标语。

这是徐向前的部队。后来村子里才知道这是红四方面军。

有个部队首长住进了我曾祖父家。他与我曾祖父拉家常。

大爷，身体可康健啊。

还好。

家里几口人呀？

曾祖父沉默了。他说，喝茶喝茶。

人家就不问了，喝茶。正喝着，突然，家里又进来了一个穿军装的

167

人，叫了他一声"大"。

我曾祖父的茶杯掉在地上。茶杯打了个滚，碎了。

司令……

我大爷爷突然叫了一句。

我曾祖父全身哆嗦起来。你，就是徐司令？

徐司令笑着不答，对我大爷爷李成仁说，是你的家啊？

大爷爷连忙立正，敬礼。

家里一下子忙碌和温暖起来。曾祖父吩咐曾祖母，快，把那只老母鸡杀了给徐司令吃……

那天下午，我曾祖父与徐司令说了许多许多的话。曾祖母说，好像曾祖父心中埋了几十年的话，要在一个下午里吐出来。

部队走时，我曾祖父对徐司令说，把伢交给你，我放心啊。

曾祖父还带着他们，从屋后的地洞里掏出了一大袋子银圆，交给大爷爷带到部队上去。

顺便交代一下，我家祖上，是做生意的，曾开过票号，在鄂豫皖一带很有名。不过传到我曾祖父时，由于国民党部队的勒索，曾祖父便关了门。

9

部队走后，我曾祖父脸上的笑容便多了起来。

关于大爷爷李成仁加入了革命队伍的事，也在村子里传开了。

李来福又来登门了。

哥，我家那不争气的儿子，革了老子的命，加入了游击队。你家的，倒好，还加入了正规军。

曾祖父又不说话。

李来福觉得很失望。村子里一下子安静下来。本吴庄静卧在大别山的怀抱里，仿佛一个不起眼的棋子。

部队一来，带来了许多外面的好消息。好像穷人们一下子要翻身了。

还有，村子里许多人都知道，自家的谁谁参加革命了。当然，也有一些人晓得，自己家里的谁谁跟着国民党的队伍走了。

我三爷爷李成和本来要跟着他的大哥李成仁走的。但徐司令看着他一瘸一瘸的腿，摇头说，老人家，留一个保后吧。革命是为了将来，将来要是一家没有一个人，还革么事命呢？

曾祖父点头。他们的确需要一个儿子传宗接代。要不，后来肯定不会有今天的我。

尽管这样，部队走时，村子里又有不少达到十三岁以上的孩子，风一般地跟着队伍走了。村庄就像二十一世纪初的今天一样，只剩下了一帮老头老太。

10

山上的游击队经常在三更半夜里摸下山来。

有一天夜里，曾祖父听到窗外的敲窗声，他叔，是我们呢。

曾祖父把耳朵贴在墙头上，细听。然后吩咐曾祖母去开门。

门开了。李文化带着人进来了。

叔，帮我们搞点盐巴，山上的队伍不吃盐，都走不动路了。

曾祖父抽烟，不说话。

李文化说，叔，别让我大晓得。他思想太落后了。

曾祖父还是抽烟，还是不说话。

李文化和游击队员在我家吃了个饭，便又悄悄地溜走了。

他们一走，曾祖父便吩咐三爷爷李成和，去，砍几棵水竹来。

三爷爷说，大，要水竹做么事咧？

曾祖父说，让你去就去。

三爷爷听话，便去了。砍回竹子后，曾祖父让三爷爷在外把风，一个人在屋子里鼓捣了半天。

第二天一早，曾祖父对三爷爷说，把这几棵竹子送到鸡公寨去。

三爷爷说，山那么高，路那么远，我这脚，要走到么时啊。

曾祖父说，去吧。

三爷爷极不情愿地走了。他瘸着腿，走到山口时，便遇上了团丁设的岗哨。

做么事的？

送竹子的。

送竹子做么事去？

山那边的田，断水了，用竹子灌溉咧。

团丁用枪敲竹子，三爷爷很镇定。

这时，李来福刚好坐轿经过这儿。团丁们上前叫他李老爷。

李老爷，我们的财神啊，开会回呢。

是啊。李来福说。

我三爷爷站在那里。李来福看到了，他说，一个瘸子，送几棵竹子上山，有么事呢，放了吧。不放你们明年连饭都没吃的了。

李来福一说，团丁们便吆喝，快滚吧。

我三爷爷没滚，他一瘸一瘸地上山了。

才过几个山坳，从树后闪出几个人来，抱住了他。好哥哥，你可算来了。

三爷爷吓了一跳。一看是李文化，说，做么事？

李文化说，快些吧，把竹子给我们。

三爷爷说，我要送到鸡公寨的。

李文化笑了，不用送，我们送过去就行了。

他们从三爷爷身上接着竹子，迅速消失了。

三爷爷一瘸一瘸地又走了回来。过哨卡时，团丁们又围上来。

你的竹子呢？

放在山上的流水的地方了。

真的？

真的。

真话？

不信你们去看。

我们才不去呢，碰到游击队就完了。

三爷爷一下子明白了。

回到家，他还没张口，看到李来福也坐在家里。

李来福问，送到了？

三爷爷说，送到了。

李来福便看着我曾祖父笑。

我曾祖父低头抽水烟，不说话。

夜里，三爷爷听到曾祖父对曾祖母说，总算让他们吃上盐了。造孽啊。

11

又一天晚上，曾祖父又听到了敲窗声。

老乡，老子……我们是游击队。

曾祖父突然身子抖起来。

外面的声音又低了些，老乡，我们真是游击队。

曾祖父使了一个眼色，曾祖母走了过来。

快，把门闩紧。

曾祖母小脚跑得特别快，连忙在门上加了一道铁闩。

老乡，开门吧，我们在山上好久有吃饭了。

曾祖父不理，他跑到屋子里，拿了一把刀。

外面敲窗户的声音很急。

曾祖父对三爷爷说，快，钻地洞，到另一侧去敲锣。

三爷爷一溜身走了。夜很黑，他钻地洞时还把头撞了个包。

一会儿，铜锣声在另一个道口响了起来，一个尖锐的声音在黑夜里炸开：土匪来了啊，大家打土匪啊。

话音刚落，村子里便响起了呐喊声，打土匪啊，打土匪啊……

一时，本吴庄整个村子里的铜锣都响起来了。接着，家家户户都传出了喊声。

不一会儿，等村民们把家门打开时，外面已是无踪无影。除了风呼呼地刮过每个巷道，一切像没有发生过一样。

第二天，便传出李来福家的猪没有了的消息。一个呼呼大睡的家丁，脸上还重重地挨了李来福一巴掌，屁股上被踢了好几脚。

12

偶尔，曾祖母也问曾祖父，你说，老二去了哪里呢？

曾祖父皱皱眉，那是他的命。命到哪里，人就在哪里。

曾祖母说，那不是等于有说一样。

曾祖父不理她，又抽烟。

曾祖母还问，老大的么（黄安方言，现在的意思）在哪儿呢？

曾祖父不皱眉，放心吧。

曾祖母便一个人悄悄地流泪，并且叹息。

13

有一天，在外面国民党部队当差的李铁路，带着一个勤务兵，穿着军官服装，大摇大摆地回来了。

一回来，他召集村子里的老人们开会。曾祖父也去了。

李铁路站在一个稻草堆上，先是朝天放了枪，然后说：你们听着，我现在是国民党十五军独立团团长，准备进山剿匪了。都本乡本土的，念在一村一姓的面上，把丑话说在前头，你们家谁有人在山上，赶紧劝回来，不回来，打死了，莫说我没给大家面子。

大家都不说话。

李铁路指着李来福说，你家的文化，听说在山上？

李来福点头哈腰地说，好侄儿，我不晓得咧。

李铁路说，我都听说了，赶紧想办法劝回来，红四方面军越过平汉路，死了不晓得多少人，往四川方向逃路，兔子的尾巴长不了，他们等不到了。下山来投降才有出路。

李来福说，真不晓得，要是遇到了，你一枪给我打死他。

李铁路说，那倒不至于，主要看他的表现。再说，你的大儿子，还在中央军的部队当秘书呢，也得给点面子。不过，对其他人，我可不客气了。

说完，李铁路一指我曾祖父，你的两个儿子，听说都参加了共产党的部队？

曾祖父说，报告李团长，我不晓得。都出去找口饭，说没影就没影了。

李铁路说，共匪进村时，听说你大儿子和徐向前一起回来了？

我曾祖父说，哪个说的，我没见过啊。

173

真没见过？

真没见过。他们说你妹妹李铁梅也参加了共产党，你信吗？

本吴庄的人们一下子笑了起来。李铁路有些气恼地说，那是造谣！诬蔑！我妹妹，一个女伢，么样会参加革命呢？

他话头一转，你家老二呢？他到哪里去了？

我曾祖父还没说话，我曾祖母在人群中突然一下子哭了起来，伢啊，你命苦呀，到哪里去了咧，么样不回家看看娘呢？

曾祖母一哭，人群中很多女人都伤心地哭了起来：我苦的伢啊，你死到哪里去了啊？

这会便开不下去了。本吴庄出去了那么多人，谁晓得他们都干什么去了呢？有的参加了革命，有的被抓壮丁加入国民党，还有的上山参加了游击队，也有的上山当了土匪，还有的到武汉去做生意，有的外面去要饭……兵荒马乱，哪个也不晓得。

李铁路这话便讲不下去了。下面有的是他亲属，有的与他家相邻，其他的都是看着他长大，还奶过他的，他讲着讲着，发现做官莫从家乡过的道理，只好灰溜溜地说，你们不说，那我们只有在战场上见了，到时子弹可不认人……

14

红四方面军撤走的那一晚，三更半夜时，有许多人进了我们村子，他们叫醒我曾祖父。在一行严密的岗哨下，搬了许多东西进来。

其中，就有我大爷爷李成仁。

大，我们暂时要走了，徐司令说有些东西，放在你这里先藏着。等我们回来时再来取。

嗯。

大，一定不能让任何人知道。

嗯。

大，一定要保管好，这比命都重要。

嗯。

曾祖父嘴里永远是一个嗯字。至于什么东西，他不问。

曾祖母拥抱了一下自己的大儿子，泪水哗地流了下来。

娘，我们一定会打回来的。

说完，部队一下子便消失在黑夜中了。

15

轰轰烈烈的革命一下子消沉了。

村庄和村庄周围，四处都传来死人的消息。

红四方面军入川啦……

革命转入低谷啊……

死了好多好多人啊……

各种各样的消息从山那边传来，得不到印证。

过不久，山那边出现了一支队伍，打着青天白日旗。

是国民党的部队！

他们又开始围剿苏区了！

茅草要过火，石头要过刀！

本吴庄一下子又萧条起来。

曾祖父每到天黑，便闩上门。他们开始越来越多地跑到地洞里睡觉。村子里越来越多的家庭开始筑围墙。李来福家的帮工和用人，整天抬石头。进入本吴庄的路，封得越来越死。

国民党的部队驻扎在河滩上。由于都知道这个村子里出了李铁路，还有李来福的大儿子李从容，所以他们一般都不入我们本吴庄，而到了其他村庄，那些当兵的，让家家户户鸡飞狗跳，鸡犬不宁。

这是个什么世道啊。我的曾祖母每天叹息着说。

她开始越来越担心她的两个儿子。而她的儿子，从此渺无音讯。只有从山外吹来的风，一股又一股，穿过山道，刮到山的那一边，最后无影无踪。

三爷爷李成和坐在家中，慢慢地变得一言不发。

16

有一天夜里，我曾祖父听到了悄悄的声响。

声音很低，但他还是听到了。

是土匪！他对我曾祖母说。

看到一家人钻进了地洞，我曾祖父拿着一只板凳，来到了伙房。

他听到土匪在外面挖墙洞。

外面的人窸窸窣窣，里面的人却听得清清楚楚。

外面的人悄声说，快挖，从这家开始，他们家据说有银圆。

我曾祖父听了笑。

终于，曾祖父家的青砖墙被土匪们挖开了一个小洞，仅够一个人头伸进来。

外面的人说，我伸进去看看，看人家都睡熟了没。

当他把头伸进来，我曾祖父的板凳就放了下去。不是打砸，而且牢牢地卡在了土匪的脖子上。

土匪痛得大叫。快，把我拉回去。

天高漆黑，他没弄明白，因为凳子卡住了。外面的人越拉，他痛得越厉害。

曾祖父不说话,他死死地坐在板凳上。板凳抵在墙上,很牢固。板凳是檀木做的,很坚硬。

外面的狠拉,让伸进头的土匪渐渐没有了声息。外面的人狠狠地拉,只听咔嚓一声响,土匪便身首异处了。

外面的人抢了半具尸体,里面的曾祖父拿到了一颗人头。

外面突然发起火来,烧,烧,烧掉这个村庄!

还没等他们点火,本吴庄的铜锣突然响起来:打土匪啊!

一时,火把便围成的铁桶一般,围着村庄一周。

快撤!有准备!

土匪们丢下尸体,跑了。

第二天,土匪的头被挂在本吴庄的寨子上。好长时间,土匪不敢再来村庄。

李来福见到我曾祖父说,你小心,土匪们来报复我们村庄啊。

曾祖父说,除了命,我什么也没有,不怕他们来!

李来福哼了一声走了。

曾祖父知道,李来福怕土匪来打劫他家的财产。

17

结果,土匪们没来,屯兵的国民党部队的长官却带着一小队人马进村了。

全村人都被召集在打谷场上。

部队长开始训话,你们这个村,成分复杂,参加共匪的有,参加我军的也有,我们不准备杀人,但部队需要一些钱粮,家家户户按人头捐。

他的话一说,有人就开始哭了。

一九三五年，由于黄安大旱歉收，村民们都吃不饱，哪里还有钱粮捐献？

队伍到每一家，每一家都表示：要钱没有，要命有一条！

部队长住在李来福家，感觉很没面子。

李来福说，这个村不能硬来，硬来会官逼民反。

李来福又说，这个村的村民民风剽悍，一急就会拼命。

李来福还说，这个村也就李忠诚家还有点底子。

李忠诚就是我曾祖父。于是，部队长带人来到我曾祖父家里来了。

替村民交点吧，不然，他们就忍不住，出了问题，卑职也没办法。

曾祖父说，哪里有钱呢？

部队长说，不管你用什么办法，捐赠一千个大洋就可。

曾祖父开始抽烟，他的烟斗抖得很厉害。

如果的确没有，会么样？

没有？那只有拿人头来见。部队长说。他的脸上，青筋毕露。

你说话算话吗？

我堂堂的一军之长，能不算话吗？

那好。我曾祖父说。他回答得很干脆。

18

第二天早上，他见到了我曾祖父李忠诚。不过，他见到的，不是活着的李忠诚，而是死了的李忠诚。

李忠诚上吊了。

他把自己吊在了城楼上。

我的曾祖父死了。

他把自己挂在我们本吴庄的寨子上，所有进寨子的人，都能看到。

178

寨子上有人喊，见到了人头，你们该撤兵了。

部队长的队伍，先是列队站在本吴庄的寨门外，最后悄悄地撤走了。撤走前，让我们本吴庄的人没想到的是，部队长还派人送来了一百块银圆。

部队长讲，没想到在这里遇到一条血性汉子！

我曾祖父以自己的死，救了一个村子人的命，换来了本吴庄暂时的安宁。

李来福走在送葬的人群里，似乎哭得很伤心。风一阵又一阵地吹在城墙上，再弹回来，听上去悲风阵阵。

埋葬了曾祖父李忠诚，曾祖母的头发一夜间全白了。从此，三爷爷便打消了要出去革命的念头。

三爷爷记得，父亲李忠诚死前的那个晚上，只留给了他短短几句话，记住，本吴庄祠堂里的那尊佛像，永远动不得。那下面藏有东西，是徐司令他们的。

他还说，伢啊，总有一天，徐司令会打回来！

19

李忠诚的死，在本吴庄引起了很大震动。从此，家家户户不到天黑便关门闭户。一到黄昏，整个本吴庄死一般的沉寂。

从此，我曾祖母的眼里老是流着眼泪，而我三爷爷李成和的眼里老是冒着怒火。

李来福见了很害怕。他派人来帮我三爷爷种地，插秧。

李来福说，李忠诚是为寨子死的，死了我们不能不管他的家人。

三爷爷李成和不说话。他开始拼命干活。后来，还用部队长给的那一百块银圆，置了一些田地。三爷爷想不到，正是这几亩地，在解放后

179

给他带来了大麻烦，把他划为富农。

有天，一个从河南来要饭的人晕倒在我家门前，三爷爷给了他一碗饭吃。那个人被救过来了。

醒来后，李成和问他为什么从河南跑这么远来要饭。

那个乞丐哭着说，一路上都要不到啊，到处都是死人……

三爷爷的心便软了。他问，你愿不愿意留下来？愿意，就在我家帮我种田种地，好歹有口饭吃。

那个乞丐双腿便跪下来了。

三爷爷想不到，正是收留了这个乞丐，解放后他被整得死去活来。

20

三爷爷开始到外面贩猪卖。靠着这个手艺，家里能闻到肉香味了。

曾祖母张罗给三爷爷找一个媳妇。

三爷爷说，要什么媳妇！这年头，谁能保证能活过明天？

曾祖母说，不管明天怎么样，今天就要好好活！

于是不久，三爷爷结婚了。他娶了一个邻村的姑娘，喜事没有像他人那样大操大办，只请了几个较近的亲戚热闹热闹。

请客那天，李来福突然让人送来了半扇猪肉。三爷爷去还礼，给了李来福家三块银圆。

三爷爷说，不能让他小看了我们孤儿寡母！

这三块银圆，给我们家惹来了祸。

李来福的大儿子李从容刚好在家休假。看到了这三块银圆，鼻子冒烟了。

一个穷人家，还有银圆？是不是共产党？

李来福躺在床上，说，他多是为村庄死的，不要再惹事了。

李从容说，这事还得好好查查。

李来福说，文化说了，李忠诚家对村里有功，不能动他们家。

李从容说，大，这个文化不听话，听说他又派人端掉了我们一个排。要不是我在上面顶着，恐怕你们早没命了。

李来福长叹一声，世界不太平，何时是个了啊。

21

李从容到我们家里来了。

我曾祖母坐在堂上，毕恭毕敬地欢迎他。

大娘，成和干得还好吵？

一般一般，就是糊个口呀。

糊口？糊口还能大方地送三个银圆给我大？

因为你们家的礼重，他不想亏欠啊。

这时三爷爷李成和进屋了。看到李从容，连忙加茶。

李从容说，听说贩猪赚了钱？

李成和说，就度个日子，难啊。沿途都是关卡，处处吃拿卡要，搞不好还把命搭上了。

李从容说，有这事？

李成和说，是啊，不是团丁便是土匪，有时连正规军也不给钱，把猪说赶走就赶走去吃了。

李从容说，这样的事，你对我说，我给总部报告。妈了个巴子，还欺侮到我们庄子里来了。

他们有一句没一句地聊天。我曾祖母觉得空气中充满了杀人的气味。风有一搭没一搭地吹过，我家茅草棚上的草，随风飘荡。

李成和看着李从容没有走的意思，他知道李从容的意思了，把李从容带到院子里，拿了一把铁锹，说，帮我挖吧。

李从容看着他。

李成和自己动手挖了。挖着挖着，一个土瓷罐露了出来。

李成和指着土罐说，全部财产都在这里了。

李从容抱着土罐走了。李成和叹息着对我曾祖母说，与他大一个样，杀人不眨眼啊。

22

李从容还没走，山上便传来消息：李文化死了，请李家派人去收尸。

这个消息来得非常突然。红四方面军走后，李文化还留在大别山打游击，好久都没有回过村子了。

李来福与李从容商量，决定派一个家丁去。

可山上说，必须李家的人亲自去。

李从容不敢去。他说，我是国民党中央总部的，大家都晓得，我去怕是没了命，谁来给你续香火？

李来福便来找我三爷爷。侄伢，你和我一起去吧。

山上全是队伍呢。

我知道啊，侄伢，造孽啊。你大给游击队送过东西，他们不会杀你的。

李来福一说，我三爷爷怔住了。

么时送过啊，这可是要杀头的。

伢啊，上次你送竹子上山，那竹子里全是盐巴，我都知道啊。

李成和吓出了一身大汗。

他随李来福一起上山了。

大别山的山山岭岭，走来走去，像是在原地踏步。他们走了整整一天，幸好没遇上土匪。到夜里，他们到达了游击队指定的地方。

李来福见到李文化的尸体，从来没有流过泪的他，突然放声大哭。

李文化是被内部肃反时整死的。苏区来的领导，在大别山深处掀起了腥风血雨。李文化坚决反对这种做法。他被绑了起来。由于他是李来福的儿子，于是他也倒在自己人的枪下。

李来福是真的哭了。我三爷爷趁机问送尸体的人，问见过他的大哥李成仁、二哥李成义没。

送尸体的队员说，我们也是偷偷从驻地跑出来的，毕竟是文化大哥带着我们一起参加革命的，乡里乡亲，哪个忍心看着他被狼叼走、被野狗分尸啊。听说你大哥他们打到了川陕，在那里建立了根据地。

送尸体的人还说，我们也准备跑到那边去，听说你大哥在那里都当了团长了。至于你二哥，还从来没听说参加了革命。

三爷爷听了，一是高兴，二是悲伤。

回来，三爷爷李成和把这个消息对曾祖母说了。曾祖母跪在菩萨像前，双手合十，天王老子，保佑我的儿子平安吧……

从此，我的曾祖母一心念佛，不沾半点荤腥。

23

山上的土匪是在天亮时光临本吴庄的。那时，本吴庄的人都已睡熟，就连轮流放哨的人也睡得很沉。

结果，土匪摸进村时，没有一个人知道。

土匪先是烧了西边的茅草房，那天有风，风借火势，很快点燃了半个村庄。大人、小孩哭作一团。

李来福的家站在高处，一个上厕所的家丁发现了火，连忙开枪，枪声让本吴庄打了一个激灵，全体人迅速醒来了。

黑夜中，枪声不断，哭声不断。

三爷爷虽然腿瘸，但他从地洞里钻出来，枪声响了，一枪解决了一个土匪。

一场混战之后，本吴庄被烧掉了半个村庄，七个老人被打死了，两个孩子被烧死了，损失了五头耕牛……

村庄里四处都是哭声。

埋了死人之后，村庄里谈论的，有两个议题与我们家族相关：

要是李忠诚老哥还在，土匪什么时候来都能发现，不至于损失这么大！

是啊，是啊。不过，他的三儿子李成和，什么时候学会打枪的呢？还打得这么准，死了的四个土匪，都是他打死的！要不，土匪撤得不会这样快！

24

村子里商量出钱防土匪和打土匪的事。村民迅速议论开了。

找游击队打吧，他们最厉害。

马上有人接上话，红四方面军走后，茫茫的大山，游击队在哪里？哪个说得上呢？

那就找国民党的部队来剿吧，这是他们的职责。

找他们？哼，不是要钱，就是要东西，等钱粮到手，他们进山转一圈，说土匪找不到，就跑了。

那还是自卫吧……

自卫？村子里年轻精壮汉，死的死了，走的走了，靠一些老头，怎么自卫啊！

大家说来说去，没有商议出个结果。李来福家最有钱，他最急。

李来福说，要不，一家出一点钱，与土匪讲和？

讲和？可能吗？土匪贪得无厌，得寸进尺！

本吴庄的祠堂里吵成一团。最后，他们把目光投到我三爷爷李成和的脸上。

李成和一直沉默，很少说话。此刻，他站起来说，什么人都靠不了，自卫！

大家不作声。

李成和说，来福叔家多出点钱，买枪！我们大家多出点力，战斗！

李来福有些不高兴，为么事就要我家多出钱呢？

李成和说，你想想，村子里的人都穷得一塌糊涂，就你家有钱，土匪会惦记谁呢？

李来福嘟囔着，大家一致说，是啊是啊，土匪主要是惦记有钱人哩。

最后达成了一致意见，村子里成立了自卫委员会。

25

李来福终于出了钱，大家让李成和到武汉去买枪。

兵荒马乱的年代，枪好买。但怎么运回来，大家发了愁。李成和说，这事包在我身上。

于是，李成和带着两个人，去了武汉。

那时去武汉只靠步行，但李成和推着板车，板车上装着几头猪。过岗哨时，被国民党的士兵拦住了，做么事的？

贩猪的。

由于经常贩猪，这条路的许多岗哨成了李成和的熟人。他常常几个铜板，或者是一块银圆，人家的嘴便马上自觉地闭上了。

于是，三个人，一路推着车，走了两天才到武汉。找到人后，买枪

185

很顺利。回到住处，李成和对随行的两个人说，你们去睡，我还有事。

两个人去睡了。李成和一个人悄悄地忙了一夜。那两个人听见外面的猪叫得很厉害，但走了两天两宿，实在累得很，也就翻了个身睡了。

第二天一早，他们就往回赶。回来的路上，再过岗哨时，哨兵问，猪怎么了？怎么全是血？死了呢？

是啊，突发病，都死了，舍不得扔。

死猪都舍不得扔啊？

老总，他们说得了猪瘟，我不信，拉回家去吃。老总，我们贩猪的不容易啊。

一个大洋上去，哨兵手一挥，就回来了。

李来福站在村口等。

买回来了？

买回来了。

枪呢？

等等就晓得了。

人们围在我家的堂屋外。李成和拿来一把刀，把几头躺在板车上的猪肚子上的线挑开，一大堆裹着血的铁疙瘩露了出来。

所有的枪，经分解后，全都装在几头猪的肚子里。猪肚几乎全是空的。

李来福惊大了眼睛。

这么几个来回，村子里的自卫队就有枪了。

他们决心和土匪干。村子里身体稍好的人，都集中在山头上学瞄准。大家把枪往背上一摔，都觉得挺神气的。一个个练得很认真。

只有李来福全天唉声叹气的。和土匪干，让他的心总是不踏实。

26

还没和土匪干，日本人进来了。

日本人是骑着高头大马进村的。先是几声冷枪响过，几队伪军在前开道，日本人跟在后面，大摇大摆地来到寨子下。

让你们的头人，出来说话。

李来福站在城墙上。

一个伪军喊，放下吊板，皇军要进城。

李来福说，么事是皇军？

伪军说，皇军就是日本人！

李来福说，日本人为么事进我们村呢？

伪军说，是为了大东亚共荣。

李来福吩咐说，放。

李成和说，叔，不能放，我在武汉那边听说，日本人进村，见人就杀，见东西就抢。

李来福说，先放下，先礼后兵，看看再说。

日本人进来了。日本人进村时非常客气，对老一些的人，还带来了礼物。

日本人叽里咕噜地讲了一堆话，本吴庄的人听不懂，一个胖胖的伪军在一边翻译，皇军的意思，是要与大家分享共荣的快乐。

见本吴庄的听不懂，伪军就翻译成，皇军要与大家有福同享，有难同当。

本吴庄的人说，听说日本在另一个岛上，很远很远，我们也去不了，么样有福同享，有难同当？

伪军答不上来。

他回过头与皇军又叽里呱啦一阵，很快打出了底牌说，只要村子里交出祠堂中的那尊佛像，就不动我们村一个人的指头。

本吴庄的人大惑不解。祠堂那佛像，放了好几百年了吧，就是族人一起祭扫时才想起，日本人么样晓得呢？

李来福说，难道日本人也信佛？

伪军翻译说，日本人信不信佛，不管他。交出来平安。

李来福说，本吴庄有一条规矩，凡是动祠堂里的东西，都要和全村商量。

日本人听后给下了最后通牒：三天时间。三天过后，见不到佛像，格杀勿论。

本吴庄感觉到了日本人带来的扑面寒气。

27

这个夜里，本吴庄四处都是火把。那些嘴巴说话管事的人，都聚在祠堂里面。

给不给呢？

给吧。不就是一尊佛像么！

不能给，那是我们祖上留下的，听说动了它，我们这块地镇不住，会带来灾难！

大家又争得不可开交。

李成和最坚决，不能给！

李成和说，几年前，一个风水先生路过这里，看了我们的祠堂，说我们村的兴旺，与这尊佛像有关。谁动了这尊佛，就会带来灾难。给了，我们对不起列祖列宗啊！

最后，大家商议的结果是不能给！

不能给，日本人又要，么办？

大家商议的办法有两条：一个是再制一尊差不多的给他们，糊弄一下；第二个办法就是打！

本吴庄易守难攻，只要粮食充足，加之村庄的地道四通八达，日本人不易攻进来！

到哪里去找一尊差不多的佛像呢？

一个老人说，要不，把山头后面庙里的那座先送过去！

另一位老人说，可惜了，全铜呢。

第二天，庙里的那尊佛像上路了。由架子车推着，吱吱呀呀地来到镇上。

日本人问我三爷爷，就是这座？

就是这座。

只有这座？

只有这座！

日本人拿刀一刀砍下去，刀缺了口，铜像却丝毫无损。

日本人笑了，吆西！

三爷爷他们就回来了。

回来的路上，他们碰到邻村一个逃难的，浑身是血。三爷爷是贩猪的，正好认识，就多问了一句，老乡，哪得去呢？

逃难的说，三哥啊，你们快走吧，日本人把我们村的人全围起来，杀光了！老人小孩都有放过！

么回事？

他们要我们交粮，我们不交，就把我们聚在打谷场上，用刀砍，用机枪射！

说话的人哭了起来，三哥，人死得惨啊！日本人真不是人啊！

三爷爷的心里急起来。他的腿好像也不瘸了，走得飞快。

189

本吴庄的人站在寨子山头上，笑着迎接他们。但屁股刚坐稳，喜悦还未散去，大家看到寨子外突然尘土飞扬。

不好，日本人发现破绽了！

不会吧，这么快！

到处都是汉奸，肯定是他们说的。

要不，就硬打吧？

打得过吗？

打，大不了就是一条命！人死鸟朝天，不死万万年！

打！我们连土匪都不怕，连国民党的部队都不怕，还怕他一个小小的日本国人！

最后商议的结果，就是打。

那时，正是刚刚收割后的季节，田野四处光光的一片。寨门收起后，日本人站在寨下的空地里，看上去一览无余。

伪军在喊话，皇军要来感谢你们，把寨门吊桥放下！

这么多部队，肯定不是来慰问的。李成和说。

李来福也同意。

佛像我们已经交出了，说话要算数啊！

伪军说，你们看，这是皇军送来的酒……

伪军还没说完，日本人的枪声就响起来了。他们等不及，就要攻寨子。

枪声起初很稀，接着密密麻麻地响起来。

三爷爷李成和说，节约子弹，我们躲起来，先不打。

日本人打了半天，看到寨子一点反应都没有。他们叽咕了一阵，又喊话，你们为啥要骗皇军？

我们没有骗皇军！

皇军说了，你们的铜像是假的。

190

我们村就这一尊铜像。

再不交出来，我们就要炮轰了！

你们轰吧，有得就是有得。

我们本吴庄人原来不知道什么叫钢炮。日本人脾气急，很快在河滩上架起了钢炮。随着轰轰的一声声响起，寨子的城墙，被炸得七零八落。一个躲得慢的老人，顿时没了一条腿。

狗日的，钢炮还真厉害啊！

大家躲起来，进山洞！李来福说。

本吴庄的人一直很奇怪，不爱打仗的李来福，打日本人居然很坚决。

日本人轰了一阵，除了山头的石块飞舞，本吴庄的屋子被炸坏了一些外，他们还是没有攻进来。等日本人走近寨子时，我三爷爷一声令下，子弹突然点射。

前面的伪军有的倒下了！

人群中有人大叫，三叔，我们有法才带路啊，你别打我们啊。

一听，伪军中就有本吴庄的人。于是三叔下令：专挑日本人打！

一枪，又一枪，日本人倒下了。

伪军趁机大叫，太君，撤吧，这个寨子，除了土匪爬城墙进来过，还从没有部队攻下过！

倒下了一堆日本人，皇军很生气。他们又调集钢炮，准备把本吴庄炸个稀巴烂。

本吴庄依山而建，山是整块巨石，炮弹炸了半天，除外围的屋子被炸毁外，本吴庄还是傲立着。

战斗从中午打起，一直打到天黑。

天黑时，日本人暂时撤军了。他们在河滩上扎寨。围成片，看样子是想把本吴庄包围起来。

三爷爷说，夜里，自卫队员都不许睡觉，防止日本人偷袭。

李来福说，我也不睡，好多年冇动枪了，今天老子也开开荤！

28

入夜，河滩上没有动静。

李成和和自卫队员在城头埋伏着。

到了半夜，还是没有动静。

有人说，估计他们不会攻城了吧。

不行！听说日本人很少打败仗，今天碰了个硬，一定会来报复。

五更时，枪声突然在河滩那边响起来。

三哥，不像是我们这边的。

那是谁呢？

是不是红四方面军打回来了？

不会，听说他们在四川待不下去，过雪山草地去了。

是不是红二十军吴焕先和徐海东的部队？

不会，他们也去了陕北。

那是谁呢？大家在猜测。

会不会是游击队？或者是红二十八军的队伍？

有可能！我们得去帮他们。

于是，李成和带着骨干们走地道，来到一个望风口。他们伏在黑夜中听。

他们听到了无比熟悉的乡音，是本吴庄人才有的声音。

于是，李成和带着大家悄无声息地靠近，突然开火发力，两面夹击！

日本人惊慌一片。有伪军喊，我们中埋伏了，快跑啊！

伪军一跑，日本人在夜里看不清，以为是自己人跑，于是也跟着逃，丢了一路的弹药和钢炮。

三哥，是你们吗！

是我们啊。六子啊，你们可回来了。

是啊，三哥，连你们都敢和日本人干呀！

这些狗东西，他们是外族，凭么事在我们的土地上耀武扬威的。

他们捡了一大堆武器，进了寨子。

六子，这些武器，么样用啊？李成和指着一堆钢炮问。

三哥，我们原来也不会用。不过我们队伍里有个知识分子，是中央特派来的。他懂啊。这下好了，有了这个，我们更不怕日本人了。

寨子里洋溢着喜悦的气息。李来福却很不高兴，因为他不喜欢游击队。

六子说，叔，现在不是国共两党打内战，是全民族抗战了。

六子又说，叔，现在我们要团结起来，一起打鬼子！

六子还说，不打鬼子，鬼子来了，我们全完了。

李来福不吱声。他对我三爷爷李成和说，打鬼子我同意，打完后，你得让游击队走，越远越好！

李成和说，叔，都是本乡本土，乡里乡情的，连蒋光头都号召要抗战了，我们要团结啊。

李来福说，蒋司令说要抗战，他的部队么样都投降日本人，为日本人效命呢？

六子队长说，他搞两面派。不抗日，亡国；抗日，又怕亡党哩。

李来福不说话了。

29

第二天一早，本吴庄人醒来时，吓了一大跳。

河滩上遍是穿着军装的人，密得像蚂蚁搬家。

李来福的脸都吓白了。

队长六子的战斗经验比较丰富。他说，不要怕，他们攻不进来。

特派员说，把夜里缴来的钢炮也架上，等日本人靠近了再打。要省炮弹。

日本人不敢靠近，也是远远的打炮。炮打在本吴庄的寨子上，四处冒烟。

但打了半天，他们见不到一个人。本吴庄的寨子是依山建在半山腰的，看上去是山上挂着个灯笼，石头硬得像铁。后面就是高山，只有一条小道，一般人不晓得。晓得的人也打不进来，只要不断水断粮，守个一年半载的没问题。

日本人开始围上来了。前边的还是伪军，一边朝天放枪，一边叫，莫打我们啊，我们也是被逼的，本乡本土的，乡亲们的枪口要认人啊。

队长六子笑了，我们黄安人还真实在，都挺讲感情的。

他下令，炮弹一会儿要往后面的人群打。

等伪军靠近不前了，六子喊话，弟兄们，我们都是中国人，过去打仗各为其主，现在都要团结一致打日本人！他们是外族人，是来占领瓜分我们土地的。你们想活命，就趴在地上！否则，我们就不客气了！

六子的中气很足，他一喊，前面的伪军就趴在地上了。

六子下令，打！

轰……轰……轰轰轰……

几发炮弹呼啸着落在日本人中间，河滩上顿时一片鬼哭狼嚎。

日本人从北打到南，没想到在我们黄安，在一个小小的山村，还会遇到炮战，立刻就退下去了。

趴在前面地上的伪军见日本人跑了，高喊，老乡，好样的！打得好啊！

六子说，赶紧告诉他们退兵，否则，你们再来也没有好果子吃！

伪军磕头般的退去了。

这样的战斗又经历了几个来回，鬼子都没有得逞。

从此，在离本吴庄几里的山路边，日本人修起了碉堡。

特派员说，他们现在没有精力顾这儿，得准备武汉大会战呢。蒋介石终于真的抗日了。

30

出不了山，李成和感到，贩猪的生意是做不成了。他们原来都是种地的把式，现在，却成了自卫队员。

六子队长教他们如何埋伏，如果组织队形，如何跟敌人战斗。

李来福不高兴。他是大户，村子没粮，他得捐。

他担心地对管家说，游击队会不会在这里长住下去啊。长住下去，我们只有喝西北风了。

管家说，眼前还不能赶他们走，他们走了，日本人就有可能攻进来了。

李来福说，日本人看上去也不是说的那样凶啊。要不，第一次他们就可以下手了。

管家是读过私塾的人，有点文化。他说，我听说，日本人所到之处，都是奸淫抢杀，无恶不作，不得不防。再说，游击队现在也不会打你，毕竟文化曾和他们一起战斗过……

李来福不吱声了。

过了几天，他突然好奇地问，日本人为么事非要我们祠堂的佛像不可？

管家说，这个，倒真不晓得。只晓得大人说过，佛是不能动了，动了菩萨显灵，要发怒的。

李来福于是叫来李成和问，你晓得日本人为么事要我们的佛像？

李成和这些天正和特派员谈这事呢，心里有准备。他平静地说，听说日本人是唐朝时从中原跑到海上的，是我们的儿子孙子，他们也信佛。这佛在我们庄保存了几百年，他们杀了那么多中国人，良心不安，想弄走自己供着呗。

李来福不相信。

李成和不说话。

李来福便挥手说，去吧。

李成和回来对特派员说，李来福估计在打佛像的主意。

特派员说，不怕。有办法。

果然，那天夜里，李来福带着管家，偷偷地来到祠堂。

管家的身上还带了一个凿子。

两个人打着灯笼，鬼鬼祟祟的，站在佛像前。他们看佛，佛也看他们。他们脸上没有表情，佛却面带微笑。

李来福说，你凿一下试试，是不是金子做的啊。

管家拿出凿子，刚碰到佛身上。只听见祠堂中一声巨响，接着一声叹息。

管家吓得凿子掉在地上。

李来福说，你提灯，我来试试。他捡起凿子，刚举起来，突然，又一声响，一大群蝙蝠从黑暗中掠过，擦在他们的脸上。

李来福怔住了。他本来就信神、怕鬼，看着这从小就围着玩的佛像，突然不敢动了。

一个悠长的声音，像是从天上传来：啊啊啊噫噫噫嗬嗬嗬……

李来福看管家，一转身，却发现管家变成了一个吊死鬼，吐着长舌，脸上像关公。

李来福说，你……你……你……

196

灯笼掉在地上，突然灭了。

李来福拔起脚撒开腿便跑。他一跑，管家也跑。他以为管家是鬼，管家以为他看到了鬼，两个人惊惊慌慌的，跑到家时，都趴在地上，起不来了。

缓过气来，李来福狠狠踢了管家一脚，你吓死我了！

管家说，我好像见到了鬼，吐着舌头，红脸，在你身后。

李来福说，怪了，我也见到了，在你身后呢。

他们越说越怕，最后让家丁来站在床前才敢睡着。

他们决定白天时再去探个究竟。

31

这天夜里，李成和笑着对特派员说，估计李来福还不甘心。

涂满了红脸的特派员也笑着说，当然。徐司令留的，我们一定要保管好。

32

第二天，李来福和管家装了香和黄表，像是来拜祭祖先的样子，在没人的时候钻进了祠堂。

本吴庄的祠堂光线不好，有些黑。加上他们进来时怕人看见，关上了门，光线就更不好了。

李来福觉得脖子上凉气飕飕的。他们蹑手蹑脚地走到佛像边，李来福刚把手贴在佛像上，突然感觉到鼻子上冰凉一片。他用手一摸，借着微亮的光，突然叫出声来，血！

管家的身子抖起来。他后退一步，突然踩着一个软绵绵的东西，低头一看，声音颤抖起来，蛇！

李来福看到，一条大蛇在管家的脚下，吐着芯子。

他们突然觉得这个曾无比熟悉的地方，充满了陌生和恐惧。李来福向后一步，管家向前一步，他们两个撞在一起。

由于穿着大绸袍，两个人全身是汗。李来福还不甘心，再次用手去碰佛像，突然觉得胸口中像是被什么东西抓了一下，一阵剧痛。

他心中一凛，突然撒腿就跑。

他一跑，管家也跑了出来。

太阳底下，两个人才发现，彼此全身都洒满了血。

李来福腿一软，跪在了地上。管家晕了过去。

他们闭口不提此事，以后除了年节时烧香，再也不曾偷偷进去过。

33

有一段时间，日本人、土匪、游击队，还有新五师，以及各村的自卫队，就在黄安城那么绕来绕去，打来打去，守来守去。

黄安的山高、林密，可打，可藏，可退，可守。

各种消息传到黄安城特别是传到本吴庄时，新闻已成了旧闻：

红四方面军过了雪山草地，到达陕北了！

西路军失败了！许多人都战死了！

国共又合作啦，在山西打了胜仗啦。

本吴庄的人就互相问，徐司令还在不在呢？

听说李先念带的先头部队大都是我们黄安人，大仗恶仗都得打啊。我们黄安人狠得很！

我们村子里出去的人，还不晓得有活着的没。

本吴庄人就在这提心吊胆中，一边自问自答，一边慢慢吞吞地度日子。

34

日本人突然从我们黄安城撤退的那一年，我三爷爷明显感到，母亲老了。她越来越记不起事，做事丢三落四的。

她总是问三爷爷李成和，成仁呢，成义呢？他们在哪儿呢？

她总是叹息，儿大不中养，女大不中留，养这么大，说跑就跑了。

她开始哭，儿啊，娘盼你回来呢。

她哭时，一帮小孩子开始笑。因为，我三爷爷在短短的几年里，一下口气生下了我父亲弟兄三个。他们围在眼睛快瞎的奶奶跟前，除了饿得哭，就是哼哼哈哈地笑。

35

日本人撤走时，我们本吴庄人已被围了好几年。几年中，他们在游击队的保护下耕地，在国民党部队的配合下播种，在自卫队的警戒下收割。

在本吴庄，这便成了今天人们嘴里的笑话：日本人来扰时，游击队迅速出击，正规军基本上朝天放枪，伪军趴在地上不动。日本人撤退时，游击队扔炸弹，埋地雷；正规军借道，伪军提供情报……

伪军都说，黄安城的人惹不起，本吴庄的人更惹不起啊……

日本人走后，本吴庄又乱套了。土匪又开始进村子，游击队又开始穿山越野，国民党又开始借剿匪名进行搜山，要把当地共产党的武装一网打尽。

六子队长又开始神出鬼没。我三爷爷李成和带着自卫队，除了守村，两边应付。

游击队来了，三爷爷吩咐，给粮给吃的，提供一切方便。

国民党来了，三爷爷对大家讲，莫进村子，莫讲游击队的事情，请头人吃吃饭。

只有土匪来了，他们的态度是，坚决打。

于是，游击队来，从三爷爷嘴里挖情报；国民党来，吃吃饭便滚蛋；而土匪来，打了几次，打怕了就来得少了。

36

当黄安城都陷入兵荒马乱而本吴庄却依然无损的时候，本吴庄却仍有人不高兴。

不高兴的人是李来福。

日子一长，李来福想：村子什么时候轮得上瘸子李成和当家说话了？

李来福叫来李成和，淡淡地说，坐。

李成和腰里还别着枪。叔，么事？

你们……那个什么，和游击队不要走得太近了。日本人一走，国民党的部队就进大别山了。共产党长不了……

叔，共产党是真心实意为穷人的。

为了穷人，还会丢掉根据地不管吗？他们一走，十里八村的，有多少人被杀头了啊。

可杀人的是国民党和还乡团的队伍啊。

祸不是由共产党惹的吗？打土豪分田地，现在你们倒是有地了，但没地的还不是照样没地？

叔，游击队为大众，看得见……

好了好了，我听我家的从容来信说，国民党很快就会剿共了。

叔，不管哪个部队，对我们老百姓好，我们就拥护。

那……还要不要村规王法了？

叔，大家不是好好的嘛。你看……

哼，从容和铁路的部队就要打回来了，我看你们怎么办？这样下去，你们会掉脑壳的！

我们又冇做孬事，怕么事！

把自卫队解散吧，土匪都和国民党一块了，封了官了。你们再打土匪，就是打国民党，是和中央政府对着干！从容说了，要赶紧的，不然……李铁路的部队一来，就倒霉了。

不能解散啊，解散了，哪个想打我们就打我们！

什么话，再留武装，人家就当你们是共产党！

叔，共产党有么事不好呢？你不也帮过游击队吗？

李来福更不高兴了，那是么事时候？那时需要他们，现在他们大势已去，成不了事，得顺时势……

叔，我们既不参加共产党，更不参加国民党，保卫家乡有么事不对？队伍不能解散。

李成和的话让李来福气得直跳。看着李成和的背影，李来福说，总有一天，国民党会第一个杀你的头！

37

国民党说来就来了。

那一天村庄很静，国民党的部队进军大别山的传闻，在各个村庄悄悄流传。

终于有一天夜里，西边的人开始热闹起来。原来是李铁路和李从容带着部队回来了。李从容从部队下放，直接当了一个师长，而早已是副师长的李铁路，却当了这个师的副师长。由于他们对这一带地形熟络，便被派回来指挥作战。

这次，他们的目标是李先念的新五师。

爹，这次我们打回来，就不准备走了。把共产党赶走，一切都会好起来。李从容说。

李来福脸上堆满了笑。

李铁路也坐在李从容的身边，李从容比他年轻好几岁，却当了自己的上司，李铁路心里不舒服。这个师长的位置，原本应该是由李铁路来当的。但李从容在中央待的时间一长，有人说话，位置便倒过来了。所以李铁路一回家乡便愤愤不平，要不是李从容在中央混过，哪里轮得上他当师长！哼。

但回到村庄，他还得跟在李从容的屁股后，听李从容指挥。

爹，这次我们得把村庄的自卫队解散了，由我们坐镇，怕么事！

李来福正有此意。因为养自卫队，大部分得他家出粮。

李从容对李铁路下令，把自卫队召集起来，我要训话。

李铁路说，师长，自卫队挺好的，我们要是走了，村庄里还得有人守啊。

李从容说，你这是不相信党国，党国马上会全面光复山河。

李铁路问，那山上的土匪呢？

李从容哈哈大笑，李副师长，你这就是常在下面带兵打仗，见识短了，你不知道山上的土匪我们准备收编了？

李铁路说，收来收去好几次了，我们一走，他们就上山，正规的部队他们待不住啊。

李从容说，这回不一样了，现在我党提倡一党一国，还怕几个土匪？笑话！

38

自卫队的人都站在操场上。

李从容穿着一身整齐的军装，骑在马上训话，党国现在形势一片大好，不是小好，自卫队愿意随党国部队去剿共匪的，大大的欢迎，不愿去的，就地解散！

自卫队都看李成和。

李成和说，党国的军队，能打赢共产党吗？

李从容说，那是当然。连日本人都被赶跑了，还怕小小的共产党？

李成和说，过去一个部队一个部队的来剿共产党，结果共产党越剿越多，解散了自卫队，村子不得安宁！

李从容的脸沉下来，你这样说是反党啊！是不是你的两个哥哥，都参加了共产党？你是不是地下党？

李成和说，我不是。我也不晓得两个哥哥到底在哪个党。我们只是种地的农民，要保卫我们的村庄。

李从容说，我查遍了我党我军，没有找到你两个哥哥的音讯，一定是参加共产党了，念在同村面上，这事不予追究。但自卫队一定要解散！年轻的，加入我的部队；年老的，在家继续务农！

李成和不说话。

李从容下令部队解除自卫队的武装。

李成和看着李铁路。李铁路说，他是副师长，我有得办法，军人只能服从命令！

李成和不交枪，李从容让人把他绑了起来，倒挂在村头的树上。

村子里的老人看了不满意，也不管李从容是多大的官，便直接去找李来福。

李来福原想趁机把李成和办了，但想到李成和在村子里的影响，才咽下去的痰，又涌了上来。

李来福便对李从容说，伢啊，放了吧，你总归会走的。老爹我就在这块地上，要活一辈子，死也要埋在这，都乡里乡亲的，还是放了吧。

李从容说，爹，你到时再跟我去大城市享福吧。

李来福说，只怕享不起那个福。这里有田有地，有人租种有人交粮，活得多滋润。我不走，你也别在村庄惹祸。

李从容无奈，下令放了李成和。

李成和带领的自卫队就这样解散了。解散后的自卫队，结果只有李从容的几个亲家参加了国民党。

李铁路的几个亲家也想参加。李铁路说，叔啊，兄弟啊，我看你们还是在家算了，国民党也是兔子的尾巴，长不了！

李铁路的亲家吓了一跳。

李铁路说，常打败仗，当官的腐败，当兵的四处抢劫，这样的队伍长得了吗？

39

这时，一个消息在村庄突然爆炸开来：李铁梅回来了！

李铁梅是听说哥哥的部队回了黄安城，想找李铁路要一些枪的，但刚回不晓得怎么的走漏了消息，进村便被李从容的心腹捉住了。

李从容对李铁路说，你看怎么处置你妹妹？

李铁路说，我妹妹不是共党！

李从容便召集全村人，对着大伙问李铁梅，你是不是共匪？

本吴庄的人迅速感到李铁梅变了，她说，父老乡亲们，我们又回来了！我们是李先念的部队，很快就要打回来！

李从容冷笑。李铁路的脸色发青。

本吴庄的人都静静地坐在打谷场上，看到李铁梅的手臂飞舞着，不要相信国民党，他们只会打内战，祸国殃民，我们要打出一个新世界，迎来新的天地！

李从容说，李副师长，你看怎么处置你妹妹？

李铁路知道，如果不杀，有违党规军规，这么多人说不过去；如果杀，哪下得手？

李铁路说，铁梅只是暂时被洗了脑，我先劝说一阵，让她回心转意。

李从容冷笑，那好，给你三天时间！三天之内解决不了，就由我来解决！

李铁路最怕李从容的笑，因为他无数次看到，李从容笑过之后，便是杀人！

李铁路带回李铁梅。对她说，共产党有么事好的？马上就要被我们围剿了，还不是死路一条？

铁梅说，哥，我们仅是暂时的困难，你要看清大局，带领人跟我们走吧。

李铁路说，我好歹是党国堂堂的副师长，是打出来的，怎么会跟你们走呢？

李铁梅说，哥，不要再执迷不悟了，国民党没有前途！老百姓不支持蒋介石！

李铁路听了很生气，我看你是真的昏了头了，共产党连吃的都不能保证，你们折腾个么事！

兄妹间唇来齿往，谁也说服不了谁。

第三天夜里，李铁路一声长叹，妹子啊，你赶快悄悄地走吧。李从容么事都做得出来。哥这一辈子，就帮你这一回了。

李铁梅说，哥，你要看清民族大义，迷途知返啊！

李铁路说，我吃国民党的粮，穿国民党的衣，还是个军人，不会像他们那些王八蛋那样，做对不起党国的事！

李铁路找来李成和，把她送出村外吧，拜托了。

李成和很诧异，不晓得李铁路为么事选中自己。

李铁路说，你的事我都晓得了，带她从后山的小路走！

李铁梅出门前抱了一下李铁路。她在他脸上一抹，竟然全是泪。

李铁梅便跟在李成和的后面走了。他们出了门，钻地洞，然后翻过高山，高山顶上有一条粗大的绳子。李成和对李铁梅说，沿着绳子爬下去，就到了山脚，小心，别掉进护城河里。

李铁梅笑了，我小时也是在这里长大的，还不晓得吗？你们等着吧，我们会打回来的。

李铁梅的影子消失了。

李成和回家向李铁路做了报告。

李铁路问，你亲眼看着她走的？

是。

没有人发现？

没有。

第二天，一个惊人的消息却在村庄里传开了：李铁梅自己逃跑，跳河死了！

李铁路暴跳如雷。

他赶到妹妹李铁梅的尸体现场，发现李从容也在那里。

李从容说，李副师长真是为了民族党国着想啊！

李铁路不理，他看到，妹妹的身上没有枪伤，头上却被砸开了一个大洞。

李铁路的泪水便流下来了。

他来到李成和家里，你亲眼看到她走了？

206

李成和说，是。

没有人跟踪？

没有发现。

从哪儿走的？

从山顶上，沿着绳子爬下去的。

李铁路说，带路。

他们来到李铁梅走的地方。高山上的绳子还在，一切没有变化。

李成和说，就是从这里滑下山的。

李铁路说，把绳子拉上来。

李成和拉绳子。结果只拉回了半截。

李成和说，绳子怎么会在半山腰断了？

李铁路一看就明白了：有人在半山腰砍断了绳子，而且在断绳之前，李铁梅的头上还重重地挨过一击！

李铁路回到部队。部队都是他曾带过的兵，都很忠于他。

他对参谋说，你去查一下，昨天谁的岗，看到什么动静没？悄悄地查。

一个小时后，参谋回来说，哨兵报告，李从容的几个心腹半夜出去过，回来时还哈哈地笑。

李铁路明白了。

部队集合时，李铁路问李从容，你连我妹妹都敢杀？

李从容说，副师长，你不可信口开河，我怎么会杀你的妹妹？

你让你带来的那几个人，过来见我，我有话要问。

李从容让人去喊。

去喊的人回来报告，报告师座，早晨军情紧急，他们已被召回武汉去了。

李从容笑。

李铁路一时怔住。他苦无对证，一气之下掏出枪，抵在李从容的脑袋上，要是你杀了我妹妹，你会不得好死！

李从容的笑容慢慢收住。

40

部队撤走的那一天，李铁路悄悄地给李成和送来了几条枪。

三哥，你们还得自保啊！这支部队靠不住！

李成和吃惊地望着李铁路。

过几天，便传来了新五师中原突围成功的消息。大家把李先念说得像神仙：

李先念厉害啊，刀枪不入！

是啊是啊，他的长褂上涂了油，子弹打在上面都滑溜走了……

41

国民党部队走的那一天，李从容对李成和说，我们要是发现你参加了共产党，会来杀你的头！

李成和说，我不参加任何党。我只想菩萨保佑村子平安。

李来福连忙打圆场说，一村人，一村人，不要谈杀不杀的。

李从容便骑着马，从河滩上走了。他从此再没有出现在本吴庄的河滩上。

据说，李先念的部队中原突围时，李从容被人打掉了半个脑袋，部队都说是让共产党的炮弹打死的。

副师长李铁路的声调叫得特别高，专门发电为李从容请功。

国民党中央专门授予了李从容勋章。李铁路也从此升任师长。

只有李来福接到消息时昏倒了。醒来后，他天天只重复一句话：共产党，么样会有炮弹呢？

他接着自答，可怜的儿啊，你一定是被人害死的！

他天天这样说，这样答，这样哭，村子里的人都认为他疯了。

42

还没等得及国民党来杀李成和的头，共产党的队伍又打回大别山了。

一九四八年的某一天，本吴庄河滩上出现了另外一支部队。他们于深夜到来，静静地坐在河滩上，没有嘈杂声，没有枪鸣炮响，只有微光晃动。

是徐向前的部队吗？

是张国焘的队伍吗？

是陈昌浩的兄弟们吗？

莫不是国民党的部队又杀回来了？

人们纷纷猜测。

马上有声音反驳，不会！国民党的部队不会这么安静。

是啊是啊。

第二天，他们看到另外一支部队，这支部队穿戴不是太整齐，但早晨的号子喊得很响，走路特别齐整。

是共产党的部队！

红军打回来了！

几匹马向本吴庄疾驰而来。

城下，骑在马上的人下了马，高喊，乡亲们，我们是刘邓大军挺进大别山的先头部队，我们回来了！

209

刘邓大军，他们是谁啊？

乡亲们，就是红军的队伍！

红军回来了？

红军回来了！！

本吴庄沸腾起来。

寨子的吊桥放了下来。几个人走入本吴庄，带队的居然是游击队的六子队长！

六子，队伍回来了？

回来了！

还走不走？

不走了，永远不走了！

他们来到了我三爷爷李成和的家里，六子吩咐，快，把你母亲叫出来！

接着，六子拉着那几个穿军装的介绍，这是刘邓大军某某纵队某某旅的旅长，这是某某团长……

李成和瘸着腿，高喊，大，红军回来了！

曾祖母战战兢兢地走了出来，说，红……军，回来……了？

大娘，快跟我们走吧……六子队长带头，背着我曾祖母就往外走。

六子队长，你这是做么事，我大眼睛不好……

六子说，去了你就知道了，走吧，走吧。

他们出了庄，把我曾祖母用一辆平板车拉着，往前走。身后跟着许多本吴庄的人，大家都不说话。

来到河滩前，六子把平板车放了下来。然后一声呼哨，突然，三匹马从军营中冲了出来。

骑在一匹白马上的人人高马大，两匹黑马紧随着。

六子上前与骑黑马的人耳语几句。两人连忙拉着骑白马的说，副司令，你看这个人能认出你不？

他们拉着骑白马的人跑到平板车前。

还未下马，一位骑黑马的人问我曾祖母，大娘，你看，我们中间哪个是你儿子？

我曾祖母还没回过神来，因为长年累月的哭，眼睛不太好使。她说，你说么事？

大娘，你看我们哪个是你儿子？

我曾祖母突然颤抖起来。她用手指着中间那个骑白马的人说，这个人，是我儿子！

一声长哭顿时在河滩上传来，我的儿啊，娘想你想得好苦啊……

骑白马的人翻身下来，跪在我曾祖母面前，娘，我对不住你啊！

我三爷爷这回才看清了，中间那个当官的，竟然是自己的二哥李成义！

这中间，整整三十年过去了。三十年的青山绿水，几度枯荣，我二爷爷李成义，居然活着回来了！

大娘，你儿子是我们的副司令员啊！

我曾祖母不管他是什么副司令，她认出了他，然后只有哭。她们母子，在整整齐齐的队伍前，抱头痛哭，哭得让整个队伍都泪水涟涟。

身后，我们本吴庄出去闹革命的人，纷纷问：

见到我儿子了么？

见到我孙子了么？

见到我叔叔了么？

见到我外甥了么？

没有。

没有。

没有。

没有。

我们村出去闹革命回来的，只有我二爷爷李成义一个。

43

我二爷爷李成义带着队伍回到本吴庄的那天夜里，除李来福家外，家家都放起了鞭炮，欢迎红军回来。

他们要枪毙李来福。我二爷爷说，李文化是革命的有功之臣，算了吧。只要李来福不再做坏事，就不追究了。

怪事就是在那天夜里发生的，我的曾祖母，竟然在梦中溘然长逝！

在她死前，我二爷爷记着对她说的最后一句话是，娘，大哥还在外面作战，暂时回不来，等革命彻底胜利后，就会回来见你了。

我二爷爷由于行军太累，他说着说着，竟然睡着了。

等他醒来发现时，我曾祖母脸上带着浓浓的笑意，却已无一点气息。

后来，人们把我曾祖母之死叫作喜丧。

44

我二爷爷李成义离开故乡的那一天，他的手下带着不少当兵的进入了我们庄的祠堂。

从祠堂的佛像下面，他们取出了整整二十多袋金银元宝。

那是徐向前带领红四方面军离开我们村时留下的财富。

我二爷爷说，现在国统区全是花花绿绿不值钱的票子，我们要打败他们，还需要这些。

他们葬了我曾祖母后，部队就迅速离开南下了。

45

解放后，我们村子里没有将军。当人们都在为我们红安县出了两百多个将军骄傲的时候，我们本吴庄人只有叹息。出去参加革命的，没有一个活着回来。

我们本吴村本来还盼望我大爷爷李成仁与二爷爷李成义能干到将军，衣锦还乡。但他们的希望落空了。

其实，关于我大爷爷李成仁的真实情况，据我二爷爷李成义生前对人说是这样的：李成仁在红四方面军中干到了团长，最后随西路军在河西走廊撤退时，与马匪交战中被俘虏。

马匪将他绑在树上劝降。我大爷爷大笑骂他们。

马匪放狗，活活地将我大爷爷李成仁咬死了。

而我二爷爷李成义，本来可以干到将军，但在解放南京那一战中，死于流弹。

46

革命胜利后，我们本吴庄再无故事。日子仍然像解放前那样不紧不慢，人们还是那样春耕夏种，秋收冬藏，还是那样吃不饱穿不好，甚至比过去还苦还累。外面的斗争与口号从未停息，我们本吴庄人却没了热情斗志，除了拉倒并毁坏了祠堂中的佛像外，大家白天只知劳作，晚上便关门闭户。

李来福作为大地主，在五十年代初被政府镇压。他家没有后人，那坟，还是我三爷爷李成和每年去培上几锹土，烧点火纸算是祭奠。

至于我三爷爷李成和自己，由于他曾置买了几亩土地，又雇用了从河南来要饭的那个长工，初被划为地主，后来又改为富农，经常被拉出去批斗。最后在一个下雨的夜里批斗回家后，他躺在漆黑一团的房子中静无声息地死去。

三爷爷李成和死时，本吴庄里已是油菜花开的季节。一片又一片的油菜花，把整个村庄裹得金碧辉煌。送葬那天，本吴庄的人排成了长长的队伍，看上去，个个都哭得十分伤心。

从那以后，本吴庄像大别山深处任何一个无人问津的山庄一样，生活静如流水，波澜不惊，名声不扬。

唯一还有的一点故事，是八十年代中期，跑到台湾的李铁路，有一天突然出现在村庄里。其时已白发苍苍的他，出钱在我们本吴庄修了一条洋灰路，建了一座庙堂，还捐资建了一座桥。作为条件，本吴庄人允许他在山后为其家族及他妹妹李铁梅各建了一座坟。

那是我们村庄迄今为止修得最好的坟地。

李铁路离开本吴庄的那天，哭声在我们村庄响了一夜。那时，我刚考上初中，听到李铁路的哭声，我突然像本吴庄的每个人一样，也莫名其妙地跟着流泪。

在寂寞中行走（创作谈）

有人说，人生而孤独。开头不理解，后来年长，渐渐明白，因为有了思考，有了灵魂，有了思想。

思考的沉淀，便有了创作。特别是你没法把自己打造成某一类种人的时候，你便幻想一切的力量，可以促成"理想之我""理想之他"或"理想之世"的存在。我长年在机关工作，加班加点之余，还熬更守夜的写作，原因在此。

当创作的力量击穿了灵魂，我时常乖乖地跟着一种感觉走。有人说这是灵感，我自己却说不上来。所以，后来每当有人问起怎么创作时，我只有说："把脑子里想的东西写出来，就是创作。而坚持不懈地写下去，便会成功。"

多年的经历证明，创作其实是一件非常幸福的事。许多东西，本在生活中实现不了的，在作品中可以实现。好像那些把爱情常常写得很好的人，生活中其实未必就会恋爱；许多人品不端的作家，也会把小说写得风生水起。因为那是他们心中的一种希望，或者灵魂渴望的一种善良，有希望便有了创造，有善良便有了希望。

我喜欢记载那些可能有的或者根本没有的事情。不一定刻画出的人物都有原型，但我敢肯定，一定曾经有人或者后来有人会那样生活。我记载了他们的生活，便也从他们的生活中得到了暂时的解脱。

在我们的生命里，老去一个地方，从事同一种职业，说着同一种话语，是件非常枯乏的事。因此，在我的作品里，始终有着强烈的创新意识。我总是希望，下一篇会与这一篇，是完全不同。在我的骨子里，哪怕人到中年，还是有着不安分的因素。这是我们黄安人的革命基因和盛产将军的原因。我们总是对现实充满了妥协与让步的同时，又对现世中那些不舒服的人与事表示强烈不满。事实上，每个人，谁又对现实完全满足过呢？我们总是在不停地寻找，又不停地逃离。最终，灵魂总是在路上孤单地行走，有时也不知到底在找寻什么。可最终，承诺如风，人生如幻，命运如梦。就如大家看到的这本书一样，写机关的，有温暖，也有迷惘；写官场的，有亮色，也有失落；有革命的，有激进，也有忧伤。

创作就是这样，总是不温不火，没有作品能达到灵魂想企及的高度。也许，一种心灵的真实记忆、一种没有归途的旅行、一种说不出的喜悦忧伤，就是写作存在的全部价值。日后人老还乡，扪心自问，至少在那个时代，在那种环境中，他们和我们曾经这样生活过。既然学会了文字，又有什么理由不把它记下来呢？所以，写作只是时代的记录者。因为生活就是这样的平铺直叙，命运总是那样的平淡无奇。而并不安分的我们，总想在创作中，寻求另外的一番风景，寻求别样的人生意义。而多少匆匆时光，付与虚度年华，令人无比懊恼。我问自己，为什么不写呢？为什么不记载他们呢？因为逝去的，真的就不再回来也无人知道了。

这是生活，也是真实的记忆。这就是这些小说的由来。我听，我看，我读，我想，最后我写，像一个孩子那样，记忆全无，真实再现，往往在远离了喧嚣之后，我站得远远地观察俗世人们的生活，进而反省和警惕自己。而创作，其实是在复制真实抑或临摹想象的同时，亦逐步提高了自己对世界的认知，并最终通过祖先的母语，把它变作共同的情感与声音。此时，行走的灵魂便不再寂寞，我们也就不再孤单。因为坚持不懈的写作与年复一年的日常生活，已使我们的灵魂逐渐变得强大而丰富。

最后，感谢所有读者，你们才是作家存在的价值。

李骏

湖北红安县人。先后戍边新疆、西藏，曾就读于解放军军事交通学院指挥系、解放军艺术学院青年作家班和鲁迅文学院第十一届中青年作家高研班，现为某部政治处主任。中国作家协会会员，中国散文学会会员。作品曾获第十一届《小说月报》"百花奖"、第十二届"中国人口文化奖"金奖、冰心散文奖、长征文艺奖、第六至十届全军文艺新作品一等奖、二等奖、三等奖，天津市文化杯奖、青年佳作奖。

代表作品

《肝胆人生》
《辉煌五十年》
《党的忠诚女儿叶惠方》
《谛观生命》
《仰望苍穹》
《军旅楷模》
《生死大营救》
《住进新营盘》
《城市阴谋》
《黄安红安》
《穿越荒原的温暖》
《遍地英雄》

向前——新锐军旅小说家丛书·待风吹

丛书主编｜朱向前

主编助理｜徐艺嘉

出 品 人｜续小强

策划统筹｜刘文飞

责任编辑｜李向丽

特约编辑｜赵　雪

书籍设计｜张永文

责任印制｜巩　璠

投稿邮箱｜liuwenfei0223@163.com

微博｜http://weibo.com/beiyuewenyichubanshe

微信公共账号｜bywycbs1984